让人生的旷野不再荒芜

吕华青 著

天津出版传媒集团
百花文艺出版社

图书在版编目（CIP）数据

让人生的旷野不再荒芜 / 吕华青著. -- 天津 : 百花文艺出版社，2023.6
ISBN 978-7-5306-8405-4

Ⅰ. ①让… Ⅱ. ①吕… Ⅲ. ①游记－作品集－中国－当代 Ⅳ. ① I267.4

中国国家版本馆 CIP 数据核字（2023）第 044602 号

让人生的旷野不再荒芜

RANG RENSHENG DE KUANGYE BUZAI HUANGWU

吕华青　著

出 版 人：薛印胜　**责任编辑：**赵　芳
装帧设计：谢蔓玉　**特邀编辑：**韩玉龙
出版发行：百花文艺出版社
地址：天津市和平区西康路 35 号　**邮编：**300051
电话传真：+86-22-23332651（发行部）
+86-22-23332656（总编室）
+86-22-23332478（邮购部）
网址：http://www.baihuawenyi.com
印刷：三河市元兴印务有限公司
开本：880 毫米 ×1230 毫米　1/32
字数：228 千字
印张：8.75
版次：2023 年 6 月第 1 版
印次：2023 年 6 月第 1 次印刷
定价：59.80 元

如有印装质量问题，请与三河市元兴印务有限公司联系调换
地址：河北省廊坊市三河市黄土庄镇尚庄子村
电话：0316-3180002
邮编：065200

古罗马思想家奥古斯丁有一句名言：世界像一本书，而不旅行的人只读了其中的一页。

人生最美的风景在路上。写下这些文字，不是告诉别人我曾来过这里，而是想要留住那些值得记忆的时光和情怀追逐的激荡。

我的旅行是一场阅读，是为了遇见更好的自己。

吕峰

contents 目录

第一辑　山的那边不是海

第二辑　我与哈士奇奔跑在北极的旷野

第三辑　复活节岛，地球上最孤独的地方

第四辑　在喜马拉雅山下数星星

第五辑　南极，难及

第六辑　马赛马拉大草原上的好人

第七辑　加勒比海，一半阳光一半阴霾

第一辑

山的那边不是海

瓦努阿图，贫穷与富裕隔着一道篱笆墙

南太平洋的风雨，滋润着岛国瓦努阿图。一座村庄，被高高低低的大树和许多叫不出名字的植物掩映着。

村口不远处，一个皮肤黝黑、赤裸着上身的中年男人，站在地面上，不紧不慢地向另一个站在竹梯上的人传递长长的竹片。他们正在浓荫密布的树丛中搭建房屋。那房屋不大，已基本成形，与自然环境浑然一体。

几个衣衫褴褛的男孩女孩，见村口来了客人，嬉笑着，不顾一切地奔跑过来。他们围在我们身边，睁着大大的眼睛，不说话，友善地微笑着。

村子的一角，一间由废旧铁皮围裹四周、挂一块彩条编织袋充作门帘的草房前，铺着一块蓝地黑花旧线毯。四个中青年妇女，盘腿坐在线毯上，悠闲地交谈着。其中，三个人的怀中抱着婴儿，有一人还正在喂奶。另有两个没穿上衣的小孩跪在地毯的一角，两双小手，你推我拉，正在争抢一只快见底的奶瓶。

在孩子们的引导下，我侧着身体，避开前胸后背的低低屋檐，走过通往村子深处的窄巷。村子里的人很友好，微笑相迎，有的还招手示意，像老朋友重逢。我发现，这个村子里，村民的住房大多都是用铁皮或者竹片围裹起来的小屋。屋子都不大，窗户一般都开在我胸口的高度。

一棵枝叶茂密的大树下，有个青年男人正举着竹竿，“哗啦、哗啦”地从树上打下青色的果子。一个满头白发、留络腮胡子的长者弯着腰，将滚落在地的果子一个个捡起来，装进桶里。

桶里的青果，有些像我国西北地区的新鲜大枣。那位白发长者微笑着，向我点了点头。然后，他弯下腰，伸手从桶里拿起一个青果。他将青果捧在手中，来回搓了几下，仔细看看，又用手轻轻擦了几下，递给我，让我品尝。那果子圆圆的、润润的，泛着淡淡的绿色。我轻轻咬了一口，不算甜，但水分很多，满口清香，带有丝丝涩涩的酸味。我望着老人，想表达一下谢意，可苦于无法用语言交流，只能笑着向他伸出大拇指，连声说“good，good”。他两手一摊，无声而淳朴地笑了。

村口的路边，有一张用竹片铺搭的长桌，约有四米长，窄窄的，半人高。桌上摆放着几把干干的青菜，还有三个青里泛黄的大杧果。三个年轻人，大的约有二十岁，小的十多岁，他们将自己的上半身伏在桌子上，不时探出头，向道路两边张望。透过那眼神，我知道他们在等待过往的车辆，盼着有行人来购买桌上的青菜和水果。

透过年轻人身后树木的间隙，我蓦然发现，这座村庄紧邻着高尔夫球场。球场与村庄仅隔着一道稀疏的竹篱。我能看到球场宽阔的绿草地优雅地微微起伏。草地非常整洁，几棵大树矗立着，根深叶茂。几个人扛着球杆，踏着青草，向村庄的方向走过来，不远的路边跟着一辆高尔夫球车。

眼前的篱笆墙分隔着两个世界。不知为什么，我想起了游船停泊的那片海域。一座码头，泊满了大大小小的白色游艇，笔直的桅杆林立。海边是一条一米多宽的石板路，沿着海岸默默伸向远方。紧贴石板路，伫立着一长溜破旧的茅草屋。茅草屋没有门窗。岸上的简陋与水上的奢华形成了巨大反差，而这种对比，又彰显着一种浪漫的韵味。茅草屋不高，屋檐刚过头顶。一张张方形餐桌、一条条长条吧台，随意摆放在里面，独具风情。

如果说海边的混搭是精心设计的别致景观，那么近在咫尺的两种生活，却让我心中充满感慨。帆船与茅草屋，可以融合成浪漫的一体；而面前的篱笆墙，对于村民来说，是一道无法逾越的屏障。再看面前摊位上的三个年轻人，他们似乎不想知道世界上还有别的景致，每个人都平静地望着道路的远方。

漂浮在南太平洋上的大学

我是在抵达瓦努阿图之后，才听说南太平洋大学的。之前，我不知道这所大学的存在，从未听到过它的名字。在瓦努阿图停留的时间里，我一时找不到合适的景点，便决定去参观海岛国家的这所大学。

走出码头，我便被几个伸出双臂招揽乘客的男人包围了。简单地讨价还价之后，我要了一辆类似面包车的微型小汽车。车辆有些陈旧，车身也斑斑驳驳，不过，在遥远的异国他乡，能有一辆车带领我行走，已经感到心满意足了。

我去参观瓦努阿图的大学，希望通过对学校的印象更多地了解这个岛国。不承想，南太平洋大学，如同它的名字一样，广阔，浩瀚。这是我始料不及的。

走进校门，迎面是一片宽广的碧绿草坪。草坪上，一根根高高的旗杆上，十多面五颜六色的旗子迎风飘扬。我知道，这些国旗代表着这所大学里的成员所属的国家。这些旗子我大多叫不出其代表的国家的名字，有些甚至从未见到过。

南太平洋的浩瀚，成就了这所在南太平洋岛国分散着的区域性大学。农学院、法学院、食品技术学院……十几个分校，分别设立在南太平洋翻滚的浪花间。

美丽的“艾玛卢”校区，展示着瓦努阿图的文化气息。

浓荫覆盖的校园，被潮湿的海风吹开的花朵包围着，绿色丛中红一堆，黄一片。高坡上，交错着一大片木板与轻型砖打造的教室、校舍、办公房和公共区域，每排房屋的门前，都留有宽宽的廊道，几乎是相同的格局。低矮的建筑，竖一条、横一片，穿插着分散在高高的椰子树下。一根根方整的原木，矗立在房前屋后，支撑着一处处造型变换的人字形屋顶。不知是不是因为近海，为防台风侵袭，学校的各式建筑总体给人一种“轻装”的感觉。

穿过一道空旷的门廊，在一片花园后面拾级而上，可以看到远处空旷的高地上有几座造型独特的建筑，那是学校图书馆和教学楼。几个学生，手里捧着或臂下夹着书籍，正从那里走过来。

校园静静的。网络科技盘活了课本的内容与文字。远程教育的方式，使海岛与海岛之间不再遥远，学校的视野也由此变得与大洋一般宽广。

大树边的台阶旁有几间教室。教室周围的门厅里，随意摆放着一张张课桌椅。来自南太平洋岛国的男女学生，穿着短裤、趿着拖鞋，三三两两地坐在一起。有的捧着书本，久久地一动不动，仿佛处在半睡半醒之间；有的把头埋在笔记本电脑上，专心致志，不知在研究着什么。一位正在看书的男青年，看到我走过来，轻轻地合上了书本。他睁着两只大眼睛，看不出是什么表情，不说一句话。

我微笑着，轻轻点了点头，转身离开。但愿不要打扰到他。

南澳六章

一　阿德莱德

一座平铺的城市，半睡半醒在梦境中。洛夫蒂山地与圣文森特湾之间的平原上，分不清城市与乡村的界限。

宁静，是四季不变的承诺。清澈的日月，常常让人忘了季节的变幻。时光有些慵懒，空气中弥散着淡淡的清闲。摇曳的阵雨，不时出现在天边的彩虹。光阴将温暖带给四季，即便有南大洋来的风，也只是无形的装点。

没有人知道，道路两边数不清的别墅为谁在争奇斗艳，不知道匠心有没有成熟的顶点。篱笆墙围成的庭院包裹着鲜花、绿地、泳池，还有明媚的阳光。偶尔能看到一棵迟暮的老树，悄悄地，为街边的花丛撒下几片金黄。

城市的中心并不遥远，细细倾听，能听到有轨电车叮当的回声。我站在一个公共汽车站，环顾四周，街道和房屋都静悄悄的，像一幅立体的画。路上，偶尔有一辆小汽车穿过，看不到行人的身影，但心里不会感到荒芜。

一种难以名状的温馨浮在心头，不小心，便融进了咖啡的飘香。

这是一个半世纪之前南澳移民与流浪者的家园吗?

我轻声地问自己。

二 南澳山庄

铁门划出的半圆，推醒了中世纪的梦幻。沿着细长的小路走到园子的尽头，恍惚的历史，在这里站了起来。

“踢踢”“踏踏”的马蹄声，浮在林子的半空，一次又一次的碰撞，敲打出一行行陈旧的诗句。我漫步在花园里，怎么也找不出马车车轮古老的辙印，不知哪里能寻觅到旧日的时光。

旋转的楼梯前，不见长裙曳地的踪影。不知夜间的屋后花园，林子里会不会传来舒伯特《小夜曲》缠绵的旋律……

远方的牧场上，几声狩猎的枪声，将时空惊醒。游人上演着错乱的剧情。一场历史剧的天幕，被飘零的花瓣划破。

突然发现，心头的梦幻总是走得太远。眼前的一切，似乎都还年轻。

三 汉道夫德国村

壁炉里，木炭火红，店堂里的嘈杂，更暖人心。

德国烤香肠爆裂开来，冒着香气，配着整只猪肘，在欢乐的人群里穿梭。还有，熟肉和土豆。啤酒在这里翻起花样，浓黑或鲜黄，一长溜的杯盏倒满，等待不同的笑容。

头顶礼帽、身着黑色背带裤的手风琴手，不知来自哪里。我沉浸在随着节奏摇摆的琴声里，一阵阵掌声与欢呼声中，分不清这里是南德的巴伐利亚，还是北德的牧羊人家。

街道被清新的巴洛克式建筑与严谨的哥特式建筑混搭着。一面面棕红、赭石的墙体，配以白色线条，构成高高低低的方格立面。这种理性与诗意，不知是源于思乡的情节，还是出自浪漫的手笔。

街边一棵大树，蓬松着干枯的枝丫。一座德国牧羊犬雕塑，终年俯卧树下。三两小店聚在周围，橱窗里整齐地摆放着细腻的丝织品、褐色的老皮货、精致的手工刀具和各式工艺品……

我缓缓漫步在汉道夫一千米长的街道上，感受着一百多年前由德意志普鲁士移民引进的欧陆风情。心中，仿佛还等待着地中海吹来一缕轻风。

四　花园酒庄

把酒庄打造成风景，是不是南澳的传统文化?

从最早的移民来到澳大利亚的时候溯源，从头顶的气候和脚下的土质溯源，我听到了回答。

春天的气息,从葡萄园望不到边的支架上溢出来。百年的赛美蓉、设拉子、歌海娜，还有雷司令[1]的老藤，都会在这个季节醒来，攀上支架。

没有刻意的修葺，却流溢出艺术的氛围和文化气息。走进葡萄园围裹着的大小酒庄，那些具有责任感的艺术摆设、装饰，向人们讲述着传承和弘扬的理念、辛勤拓展的意志。

无论平原还是山谷，这里的任意一家酒庄，都可以随意休憩品尝红色或白色的葡萄酒、雪莉酒、波特酒以及玫瑰红……阿德莱德

[1] 赛美蓉（Semillon）、设拉子（Shiraz）、歌海娜（Grenache）、雷司令（Riesling）都是葡萄品种。

的玛吉尔庄园，弥漫着浅浅的酒香。奔富[1]暗淡的幽静，成了很多游人心灵栖息的港湾。

五　维特港

弗勒里厄半岛的黄昏，安详得像一幅画。

一座栈桥，远远地泊在海水中。窄窄的桥面承载着窄窄的铁轨，白色围栏，成了海面上流畅的风景线。

一匹老马，拖着坐满游人的古老车厢，伴着“叮叮当当”的铃声，“踢踢踏踏”行进在栈桥六百米长的铁轨上。

海的中央，一座花岗岩岛，矗立在铁轨边。站在高高的岩石上，眼前的海滩，是企鹅的栖息地，广阔的大海，是鲸鱼的家园。放眼望去，能览尽天边的云朵与白帆。

我曾在一堆岩石的背面海钓。南大洋惊涛扑岸的浪花，一片片挥洒在空中，映出彩虹的光芒。岩石岛像是一道避风的天然屏障，转身之间，人可以远离巨浪的喧嚣，面对大澳湾，捧着咖啡，品清闲。

来到维特港，轻风会告诉你，这里也是“相遇湾”。

多年以前，一位英国船长由西向东航行，对南澳的海岸线进行测绘。在这里，他遇见了从东向西同样搞测绘的法国航海家。远方，两国交战正酣。而在维特港，他们互换着资料，传递温暖。

六　袋鼠岛

一片热土，在圣文森特海湾的浪涛中沉浮。这里空气鲜活，视

---

[1] 奔富——澳大利亚葡萄酒庄。

野鲜活，历史鲜活，就连海岛的名字，也是鲜活的。

路边山坡的草地上，到处活跃着袋鼠蹦蹦跳跳的身影。这些海岛的精灵，每一步都释放着追逐快乐的节奏。然而，那节奏有时也会戛然而止，快乐转眼就消逝在公路的中央。细问海岛的每一条公路，不承想，处处都留有血染的记忆。

面对汽车车头特制的防撞钢架，我怎么也说不清，鲜活的灵魂与钢铁的较量，究竟是谁的错？我惊讶地指责，从茫然变得无力，剩下的，只能是留在心里的默默叹息。

大海的波涛是四季不败的花朵。海边，一块块嶙峋兀立的巨岩，千奇百怪。巨石那奇特的线条、扭曲的外形、鬼斧神工的穿凿，是数千年风吹雨打和海浪冲刷的杰作。人们将“上将拱门”“旗舰拱门”，还有“神奇岩石”的头衔，献给海边的岩石群，给予大自然至高无上的褒奖。

拱门前，数不清的海豹，悄无声息地匍匐在浪花轻吻的礁石上。在这受孕的季节里，那些黑色的肉体，静静地享受着美丽的温存。

漫步威洛比角，我抬头，仰望南澳的第一座灯塔。扳着手指，怎么也数不尽1852年以来的每一个春秋。在博尔达角、杜考迪克角，我一次又一次记录着岸边灯塔落成的年份，庆幸从那时开始，这片海域不再有沉船的遗骸，以及哀伤。遥望满眼的蔚蓝，我极目搜寻着遥远的海平线。我想看到那里，一百多年来，被海角灯塔怀抱的每一个夜晚。

“天涯海角”的夜色，放荡得那样肆无忌惮，黑得我找不到自己。只有头顶上的星空，唤醒我的心跳。沙粒般的光点，大大小小、密密麻麻地聚合在一起，晶莹、璀璨，在我眼前铺成了长长的河流，每一颗星星都眨着明亮的眼睛。我喜欢在南太平洋边的黑夜里沉醉，在那半睡半醒的梦里，能听到银河流淌的声音。

山的那边不是海

阵雨刚过的午后，朋友阿强请我去阿德莱德中国城附近的一家面包店喝咖啡。

面包店不大，里里外外收拾得干干净净、井井有条。店堂里，背靠着厨房的地方摆着一排玻璃柜，柜子里存放着多种样式的面包，还有一些糕点，旁边是小小的收银台。靠近路边的玻璃墙边，并排摆放着几套小桌椅，很整齐。

刚坐下，店里的厨房内，就传出一个女人与阿强打招呼的声音。

“中国人？”我问阿强。

“是啊，”他说，“这家面包店是中国人开的，我是常客。”

话音未落，从后厨出来一个中年女人，大约五十岁的样子。圆圆的脸，短短的发，闪着一双大大的眼睛。她袖子撸起半截，围裙扎在腰间，显得诚恳而能干。一见面，就能给人好感。

“今天咋有时间过来呢？”她笑着问阿强。

“国内来了个朋友，到你这儿来坐坐。”阿强指着她，对我说，“这里的老板，二妞。”

“啥老板呀，”二妞望着我，嫣然一笑，“巴掌大个地方，就是找点儿事儿做，维持生活罢了！”她说完，便转身到里面为我们磨咖啡去了。

阿德莱德有不少从中国过来的人，能在这个地段开店，实属不易。阿强看出了我的心思，告诉我说：“这家店本来不是二妞的，是她的前夫开的，后来……”

他正说着，二妞端着咖啡过来了。这人真诚、热情且随性，很好交往。大家在一起，话题也多，又东拉西扯了一阵子。

从阿强的口气里，我听得出二妞是一个有故事的人。在这个静静的午后，阿强与我聊了二妞的一些往事。

与一些久居澳大利亚的华人相比，二妞来的时间不算长，只有几年的时光。她来澳大利亚，主要是为了陪儿子。这个在娘胎中就被生父推搡过的孩子，是她人生的全部希望与寄托所在。

很多华人朋友都了解二妞的往事。二妞很小的时候，父母就去世了。刚刚成年，她便嫁给了同村的一个男人。孩子他爹是个酒鬼，整天抱着个酒瓶，醉了就在家里动手打人。孩子快出生的时候，丈夫消失了，一去便再也没有回来。产后的二妞，拖着疲惫的身躯，背着孩子，在黄土高坡的沟沟坎坎，顶着寒风四处寻找，一直也没有打听到关于丈夫的音讯。

太阳天天对着窑洞升起，又一次次从山后落下去。二妞日日带着儿子在地里为生计奔忙。黄土地上，踩得“噼啪”响的一双小脚丫，在娘的眼里，慢慢长大了。

阿强告诉我，二妞早年遇到过一个好人。这个人，与她在一起生活的时间不长，但是，无意中她和孩子的命运改变了。

儿子上学读书了，学习成绩在班里总是名列前茅，这让二妞感到欣慰。

第三学年开始前的暑假里，儿子学校的班主任，突然出现在她的窑洞前。班主任是一个中等个子的年轻男人，留着整齐的短发，眉清目秀。二妞得知他大学毕业来偏远地区支教，被相处多年的女友抛弃，非常同情，总想为他做些什么。在班主任的眼里，二妞为人处世成熟稳重，她的身上有一种说不清道不明的风韵和美丽。两人在一起，相谈甚欢，很有些相见恨晚的感觉。在班主任老师邀请二妞到学校去看看的那个下午，两个人彼此敞开了爱慕的心扉。

婚后的二妞，带着孩子，与丈夫住在县城。生活虽然简朴，却也很温馨。每天晚上，丈夫喜欢在家里听录音补习英文，二妞也跟着学，惊人的语言天赋和刻苦精神，令丈夫对她刮目相看。一段时间下来，夫妻之间已经可以用英语进行日常交流了。只可惜好景不长，婚后的第五年，丈夫遭遇车祸去世了。

二妞记着丈夫说过的话：孩子很聪明，以后要送他出国读书，让他心中的天地更广阔一些。那年，儿子高中毕业了。二妞变卖了丈夫留下的全部家产，凑足了经费，送儿子来澳大利亚读书。

我的思绪，跟着阿强的讲述起伏着。我同情二妞坎坷的生活遭遇。不过，她生活的变化既让人感到无奈，又给人些许宽慰。

我看着手中的咖啡，想着二妞的丈夫已经去世多年，不解地问阿强："这个面包店，怎么说是她前夫的呢？"

"怎么说呢？"阿强看着我，停顿了一下，轻声说，"二妞第一次来澳洲看孩子的时候，曾被移民局抓过。是一个澳洲的老头儿，帮了她。"

我听蒙了。阿强看我一脸的疑惑，对我说："就从二妞被关在移民局的那个早晨说起吧。"

二妞求救的那个黎明，给人的印象很深。

在移民局里，二妞面对着一条冰冷的走廊，彻夜未眠。走廊尽头，值班看守挪动的每一步回响都踩踏在她的心上。她不知道，这个黎明会给她带来什么，也不知道，自己还能在南半球停留多久。

她心里明白，在这片土地上，现在只有一个人能帮她，这个人就是杰克。

离开了一年，二妞没有与杰克联系过。她不知道他现在的生活状况，但是杰克在她心里，一直是个可以信赖的人。如果杰克不来找她，她就得回去，今后再也不可能踏上澳大利亚的土地了。

纠结了一夜，窗外天色发白的时候，二妞决定打电话给杰克，抱着一丝希望向他求助。

我问阿强："杰克是谁？"

阿强说："杰克当时是这家面包店的老板。"

阿强告诉我，杰克是被一阵紧一阵的手机铃声吵醒的。在阿德莱德，杰克没有亲人，前妻和两个儿子住在西澳珀斯，多年不来往，仿佛断了线。早晨的电话铃声，让他感到意外。

"早上好！"他习惯地对着话筒打招呼。

二妞听到电话那头熟悉的声音，伤感地呼喊起来："杰——克！"她着急地问："我在移民局，你能来带我出去吗？"

"玛丽"，他问二妞，"为什么会这样？"

阿强告诉我，玛丽是杰克以前为她取的英文名字。

二妞在电话里答道："从你那里出来以后，我并没有回国，又到别处去打工了。昨天下午，移民局的人来检查，说我违法滞留和打工，结果被带到这里来了。"

"噢——"杰克如梦初醒。他安慰道，"玛丽，冷静些，冷静些，我现在就来看望你。"

二妞与杰克相识在一年之前。她来阿德莱德看望儿子的同时，找到杰克在中国城附近的面包店，悄悄地开始打工。杰克年近七十，面包店虽小，但起早贪黑地忙活，早已让他感到力不从心。二妞把全部身心扑在面包店，每天把重活儿累活儿全部揽下，进店的客人都夸她的服务好，热情周到，小小的门店，经营得红红火火。杰克看在眼里，暗自思忖，面包店应该留住玛丽。两个月过去了，杰克在心里渐渐喜欢上了这个北半球来的中国女人。

七月的冬季，天黑得早。晚上六点钟的时候，阿德莱德中国城周边的商店已经陆续关了门。二妞整理完外场的店堂，准备去后场打扫厨房。一转身，看到杰克面带微笑地站在她身后。二妞一直非常尊重这位面包店的老板，而此时，她仿佛察觉到，他有些异样。接下来，杰克的话语，证实了她的预感并非多余。

“玛丽，面包店已经离不开你了。你留下来吧，我喜欢你！”杰克一边说着，一边张开了双臂，做出准备拥抱的样子。

二妞感到突然，不知所措。不过，她清醒地知道自己该怎么做。二妞认真地看着杰克，礼貌地说：“谢谢您的好意，我三个月的探亲签证即将到期了。抱歉！”

从第二天起，杰克的面包店里，便再也看不到二妞的身影了。

阿强告诉我，那天上午，杰克出现在移民局的时候，说不清是伤感还是激动，二妞落泪了。一年不见，在二妞的眼里，杰克衰老了许多，头发更加稀少了，腰背也没有先前挺拔，不过说话的声音还是那样爽朗。会见室里，杰克不断地安慰着二妞：“亲爱的，你不用害怕，都会好的，都会好的！”

“她是我的未婚妻。”杰克指着二妞，对移民局的警官说，“我们正在筹备结婚的事情。”

“结婚？你们认识了多久？”警官问。

杰克回答:“一年多。我们相爱。”

“中国很遥远，你想过吗?”

“你愿意与她在一起生活吗?”

警官发出的提问，一个个都被杰克用肯定的语气答复了。

移民局的官员商议后，告诉杰克:“要与这位女士结婚，你必须先去中国，去她的家乡生活至少六个月，然后，再说结婚的事情。”

二妞清楚地知道，面对现实，只能嫁给杰克。也许，这是能够留在澳大利亚与儿子生活在一起的唯一办法。她不再犹豫。孤独多年的杰克，设法凑足两万澳币担保金，安排好面包店后，启程跟随二妞前往中国。

“哦——”我轻轻地舒了一口气。

阿强讲清了这个过程，神情轻快了许多。

杰克第一次来到中国，两个人在黄土高原生活了半年，相处很和谐，也很愉快。杰克回来后，曾兴致勃勃地对阿强讲过很多不曾有过的经历，讲到高兴的地方，便手舞足蹈，开怀大笑。

二妞带着杰克来到陕北高原时，正值初夏。连绵起伏的黄土地，千沟万壑，一片片山丹丹花开得红红火火。

回到故乡，二妞激动得像个孩子，杰克不停地问这问那，一切都觉得很新鲜。

二妞告诉杰克，这里的人，祖祖辈辈都生活在黄土高原上，由于没有足够的木材盖房子，只能就地依靠窑洞来生活。在黄土山下挖个洞，安上门，套个窗框，用纸糊上，不透风就成了。从前，这儿的人辛劳一生，心里就想着修建几孔窑洞。有了窑洞，就算成了家，立了业。二妞讲了很多关于窑洞的故事，杰克每次都听得很认真。

让二妞感到欣慰的是，杰克很快适应了黄土高原的饮食，特别是喜欢辣味。二妞变着法子让杰克品尝家乡的各种菜肴。她从隔壁兄弟的地里刨出洋芋，擦得细细的，放在锅里炒，再放些辣子，喜得杰克围着灶台转，直叫："香！"她手把手地教杰克，将一把把黄豆或黑豆压扁，告诉他这叫"钱钱"。她用"钱钱"煮着洋芋蛋，让杰克就着咸菜吃，美得他不住地竖大拇指，一边吃着，口里还念念不忘"钱钱、钱钱"。二妞发现杰克很爱吃她做的油泼辣子面，便常常将面的配料翻新，做足花头。每次端上桌来，杰克见了总是一副兴高采烈的样子。面对这一切，二妞心里别提有多高兴了。

镇上的集市，是杰克喜欢闲逛的地方。在那里不仅可以尝到高原土豆粉、汉中热面皮、羊肉泡馍、荞面饸饹等特色美食，有时，还能看到一群人整齐地敲打腰鼓。那磅礴的气势，粗犷的动作和雄浑的舞姿，看得杰克目瞪口呆。有一回，一个鼓手将自己的腰鼓套在杰克身上，杰克两手一摊，茫然地望着二妞。二妞告诉他："在这里，上至九十九，下到刚会走，人人都会打腰鼓。"她冲着杰克，把头一扬："上场，去试试！"杰克也不示弱，双手打着腰鼓，脚下跳起了西方的舞步，惹得大伙儿一阵哄笑，而他还是不以为然地欢腾在自己的世界里。

高原的黄昏，宁静宜人。晚饭后，两个人常常坐在土垄上，喜欢望着远方烧着了半边天的落日缓缓坠入山涧。星光下，他们依偎在窑洞前，二妞给杰克讲高原周边的太行山脉、乌鞘岭、古长城和秦岭的地理趣事。有时，杰克会跟着二妞唱她最喜爱的歌曲《黄土高坡》，快乐时也哼信天游，吼秦腔。二妞俨然像个辅导老师，一边教唱，一边讲解，在这粗犷苍凉的原野上，如何将心里所有的爱与恨都揉进曲子里。她认为，回环曲折、肝肠寸断的倾吐，才算得上情感的寄托。

一天夜晚，两人在窑洞前聊着来到高原的感受。二妞问："这里给你印象最深的是什么？”

“山丹丹花！”杰克几乎不假思索地回答。二妞理解杰克。她认为，他喜爱山丹丹花，也就是喜爱这一片黄土地……

听着阿强的介绍，我心里有些感动。我想，如果有可能，杰克与二妞留在中国生活，也一定会过得很幸福的。可是，二妞的心里惦记着儿子，两个人还是如期返回了澳大利亚。

回到阿德莱德，杰克带着二妞来到移民局。他介绍了在中国半年的生活经历，展示了在黄土高原生活的照片，拿出了开户银行的账单记录，面对满眼真实的生活，移民官不住地点头。

婚后的生活虽然平淡，但是两人忙忙碌碌，日子过得很充实。有时，杰克还会安排出时间，带着二妞到百里之外的维特港，坐着马车，穿越长桥上的跨海铁轨，在海边捧一杯咖啡小憩，或登上海岛高高的岩石，欣赏海湾的风景。夏季的时候，两个人也会开着车，来到海边，或爬上海边的礁石，将鱼饵抛向海中，或穿着沙滩裤，蹚着海水，捕捉海产品，提回家快乐地忙活一番。

转眼三年过去了，面包店依旧是他们生活的来源。一切如常，只是二妞心中的忧虑在悄悄增加。她发现杰克真的老了，体力明显不如从前，面包店的事情也过问得很少。特别是他的性格变得孤僻，脾气越来越暴躁，有时会莫名其妙地冲她发火。二妞则总是笑呵呵地尽着妻子的本分，整天除了在面包店里忙碌外，在杰克不来店里的时候，她还要抽空赶回家，照顾他的一日三餐。有一天，二妞安排了面包店的工作，准备带杰克去汉道夫德国村，喝喝他喜欢的啤酒，吃吃他热衷的肉肠，陪他散散心。一路上，杰克沉默不语。在途中的一个十字路口，二妞开车转错了弯道，不料杰克怒火万丈。他用手使劲拍打着副驾驶座前面的窗台，暴跳如雷，嘴里不停地怒斥着不雅的话语。二妞一句话也没有说，类似的状况不是第一次发生。她非常明白，这样的情形，也不可能是最后一次。她的心冷了。

听到离婚，杰克沉默了。在澳大利亚离婚，家庭财产优先分给女方。多年前，他曾经拥有一份可观的家业。与前妻离婚时，有过难忘的经历。杰克犹豫了：如果再次离婚，别说面包店难以保全，恐怕自己日后的生计都会出现问题。

二妞看出了杰克的顾虑，她告诉杰克："离婚，我不会要你任何财产。你的面包店，我买下来，分期付款给你。这些钱，应该够你养老了，你还可以外出旅行。我还是会像过去一样，照顾你的日常生活，请放心。"

杰克半信半疑地与二妞分手了，这其中信的是什么，疑的是什么，他自己也说不清楚。不过，他相信二妞的为人。

阿强说，二妞与杰克离婚后，日常生活如同往常一样，只是夜深人静的时候，她会在面包店的前场搭一张小床过夜。空闲时，她也会去杰克的家里，陪杰克说说话，有时还会帮他洗衣服，整理房间。

离婚第二年，春夏之交的一个中午，二妞捧着刚出炉的热面包去杰克家里。喊了好久，不见杰克开门。她顺着院子小门的缝隙往里看，顿时惊呆了：杰克躺在地上，一把长长的梯子倒在他身旁。家庭医生闻讯赶来，紧急呼叫救护车，幸亏救治及时，杰克躲过了一劫。杰克苏醒过来，看着站在床边的二妞，脸上没有任何表情，仿佛什么事情都不曾发生过。他平静地告诉二妞："山丹丹花开了，我想再去看看黄土高坡。"

"好，我答应你。"二妞说，"待你身体康复了，我们去黄土高坡。"

看着面包店进出的客人，看着二妞忙里忙外的身影和满面的笑容，我感叹，这真是一个有故事的女人。

阿强告诉我，二妞没有食言。

离婚以后，二妞一直以感恩的心，照顾着如同父亲一般的杰克。她也怀念故土的味道。当她重返故乡，又一次看到盛开的山丹丹花的时候，遍野的艳红，被眼眶里的泪水模糊了。

还是那一孔窑洞。

重回黄土高原，杰克仿佛失去了几年前初见这片天地时的兴致。他不再喜爱去镇上的集市，他说那里太嘈杂。他也没有胃口品尝高原的美食。他喜欢独自坐在窑洞窗前的阳光下，半闭着眼睛，不言不语。夜晚，窑洞内外静静的，听不见欢声笑语，没有了往日的温馨。星光下的杰克，眼睛里常常发出呆滞的光，仿佛沉思着什么。二妞变着法子、找着话茬儿与杰克拉家常。可是，杰克交流的语言总是非常简单，精神不振的时候，口中的话语还有些含糊。

唯一不变的，是杰克爱听二妞唱《黄土高坡》。每当那激昂高亢的旋律响起，杰克就会目不转睛地注视着她，全部神情都融进了歌声里。二妞知道，杰克是听着这首歌走进黄土地的。在这歌声里，他曾经倾注了对生活的向往；歌声中，有他远去的记忆。

初夏的这个夜晚，杰克早早地躺下了。昏黄的灯光从糊了纸的窗口折射出来，浅浅地映照在窗下一把空空的小竹椅上。

天亮的时候，一阵歌声，缓缓地从窑洞里传了出来——

我家住在黄土高坡，
大风从坡上刮过，
不管是西北风还是东南风，
都是我的歌，我的歌。

我的歌……

还是那首歌，还是那样的旋律，还是那个唱歌的人……只是歌声没有了先前的激越，断断续续，委婉低沉，夹杂着一阵阵悲伤的呜咽。

珀斯，西澳的一个历史符号

一

辽阔得像大海一样的西澳高原，占据着澳大利亚三分之一的国土。印象中，那一片苍茫而饥渴的原野，活力与心跳，由一个叫珀斯的城市支撑着。面对地图，有一种苍凉的感觉，看久了那片土地，容易让人联想起遥远的历史。

从悉尼前往珀斯，飞机横跨澳大利亚国土，我的心，也随之从群山跃起，穿过平原，一路向西。记忆停留在地图上，人心开始变得枯燥。

这种感觉，在我走向世界屋脊的时候，都不曾有过。

二

一踏上珀斯的土地，立即被和煦的阳光包裹了，那种穿透性的明朗，能照亮人的胸膛。

洁净的路面车辆穿行，明镜似的湖水把天空搂抱在怀里。这座城市给人的感觉与鼻尖上的空气一样，清新。

如梦初醒。西澳竟是如此明媚！而我，依然用疑惑的目光，打量着它。

漫步珀斯街头，渐渐地，我想不起澳大利亚东部大都市的繁华，只是觉得珀斯许多的建筑与景象，都曾经在远方的一些闹市中见过。

我找到了，一座城市，能在荒芜中支撑一座高原的理由。

三

爬上依莱山，登上了城市的顶端。

山上是宽阔的草原，碧绿一片。一棵棵高大的树木，壮丽地聚集在一起，恢宏挺拔，成为这片土地九十年前一场战争纪念碑的天幕。抚摸着一棵来自西北澳金伯利地区、树龄长达七百五十年的古木，我欣赏脚下这片土地的宽广与包容。

依莱山下，荡漾着美丽的天鹅河。那一片清波，仿佛是为一座城市生就的。河水中隆起的土地，像是母亲的胸膛。河的两岸，绚丽一片。凭栏远眺，蓝色的河水似锦缎在城市中穿行。如果不是公路上流动的车影，那片景色，一定成了高天展示的锦绣。

四

珀斯，是西澳的一个历史符号。

通往海登的公路边，约克小镇被美丽的乡村和牧场环绕着。这个早期在殖民地上形成的小镇，是探险者前往内陆的第一块定居地。小镇极具殖民时代风格，至今，各式建筑保存完好，凸显着文化遗址的魅力。

站在西澳的西南角，面对高耸的卢文海角灯塔，我想起了约克小镇陈列室一张张发黄的照片。那些勇敢的航海探险者，那一群群渔民和劳工，也许，正是从这里走向澳大利亚大陆的。

印度洋和南太平洋的海水，日日在这个海角相撞。不知多少浪花，在这里，化作了飞雪。

五

巴瑟顿长堤，从巴瑟顿小镇的岸边伸进大海。

踏着南半球最长的木制栈桥，向海的中央前行一千八百米，步步都能看到宫崎骏《千与千寻》童话故事的影子。伫立栈桥的尽头，仿佛翻阅着一百五十年前的历史。夕阳照着我，将我的身影拉得很长很长……

西澳人引以为豪的波浪岩，在珀斯以东三百五十千米的地方。一排排十几米高的巨浪，从山崖长达一百一十米的花岗岩上倾泻下来，排山倒海的壮丽，在这里凝固成了自然的神奇！

踏着细细的沙石，步入南邦林立的古老石柱。那些横跨沙漠的活化石和奇异的石灰柱，随意组合在一起，一望无际，蔚为壮观。阳光下，各种石柱从不同角度折射出光芒。联想到瑟文特斯的海水中，那一块块活着的海洋叠层石蓬勃娇小的样子，我惊叹，西澳有着如同外星人生活过般的神秘地貌。

罗托鲁阿
在一片白花花的烟雾中漂浮

从奥克兰前往罗托鲁阿，三小时车程。一路上，我的脑海里不断重复着一种想象：一座城市，坐落在一条绵延不断的火山裂缝上。人口不足六万，却因地理位置独特而闻名于世。那是一座怎样的城市呢？

一片宽广的平原，静谧得如同纸上的画。不过，她的姿色比想象的更有韵味。

走近罗托鲁阿，远远地，便能感受这座城市与火山交织的气息。空气中，弥漫着或浓或淡的硫黄气味。山坡前、树林后，到处蒸腾着高高低低的白色烟雾。

城市，被地球腹腔的气体包裹着，在一片白花花的烟雾中漂浮。

走近一个叫法卡莱瓦的地热区，远远便能看到白色的气团直冲云天。远方的山峦，在蒸腾的烟雾中时隐时现，变幻无穷。团团白雾，高高低低，此起彼伏，展现着巨大的能量。硫黄熏烤的气息，吞噬着世界，让人心怀一种不可预知的恐惧和迷茫。

一条条木板，铺成细细的长路，一直伸往浓烈的雾气深处。置身雾气缭绕中，踏着木板前行，常常看不清脚下的路。地面积有厚厚的硫黄粉末，路边高高低低的树枝，被硫黄的蒸汽熏得枯黄。不少树叶干枯了，落了一地。有的树叶虽已枯萎蜷缩，但还挂在枝头苟延残喘，不肯放弃最后的生气。

地面凹陷着无数个大大小小的泥浆池。每个泥浆池都吐着气泡，争相翻滚。一眼望去，仿佛地底下遍布着许许多多灶台，架着数不清的大锅，燃着烈火，正值沸腾的时刻。

走近了细看，一团团泥浆，像是煮熟了的黑芝麻糊，黏黏的、稠稠的。有时，地锅中“啪”的一声，腾起一团泥浆，趴在石块上，或挂在池壁边，像只青蛙喘息着，一跃一跃地挣扎，想要跳出来。但是，它们终究敌不过蒸汽的缠绕拖拽，筋疲力尽之后，只能无奈地滴落回滚烫的“地锅”里。

找一块岩石，坐下来，静心感受云遮雾罩下的奇妙。地热从熔岩的气孔中，不断地吐出“咝咝”的宣泄声，听上去，那声音有些声嘶力竭，但是它却不知疲倦，丝毫没有停歇的意思。

身边有一处泥浆池，张着大嘴，黑色的溶液无休止地翻滚着。黝黑的泥浆，在锅里咕噜、咕噜地鼓噪，滚滚热浪夹杂着呛人的硫黄气味，逼人退避三舍。我想起一位著名作家来罗托鲁阿以后的感受。他说，自己好像是在地狱里走了一回。我霎时跳了起来，坐不住了。不是害怕死神的威胁，而是怕身下的岩石烫熟了我的屁股。

罗托鲁阿是一方无法开垦的处女地。多少年来，这里一直延续着自由的奔放与天然的娇媚。山、湖、原始森林，还有毛利人的礼节，一切都如同大地般朴实，保持着与生俱来的样子。

一个城市，坐落在火山的裂缝之上，曼妙四季，浑然天成。云蒸霞蔚的市容，成了自然的归属。我想，如果追溯这座城市的起源，一定与大自然有着千丝万缕的联系。否则，她不会绵延赓续，如此纯真动人。

新喀里多尼亚的海湾有多美

天亮以后，游轮按照航行日程停泊在新喀里多尼亚的海面上。

走上船尾甲板，微微的海风迎面吹来，给人一种清新愉悦的感觉。

太阳还未升起来。远处天际线上，平铺着一道深红色的云带，底色最亮的那一片上空，堆积着厚厚的黑色云朵，黑云淡出的一个间隙，透出了鲜红的亮点。

这里是南太平洋的一个海湾。游轮的左边是一片小山丘，绵延数百米。远远望去，山丘上除了绿色的植被，看不到其他的东西。游轮的右边，在数百米之外有一座海岛。海岛绿成一片，充满了生机。海岛对着游轮的一边，一大片宽广的地面，不知是不是海边礁石，垂直地高出海滩，大约有五米。一座白色的栈桥从岛上平伸出来，直至蔚蓝色的海水中央。栈桥的尽头，旋梯连接着浮动的码头。

我是乘坐游轮的救生艇上岸的。这样的上岸方式，我并不陌生。南太平洋上有些岛屿周边的地理条件不适合修建码头；有些岛屿具备游览资源，但是太小，不值得修建码头；也有的地方或许是国力原因，没有修建可供大型游轮停靠的码头。游人在这些地方上岛，只能凭靠游轮自带的救生艇来回。本次航程，日前曾停靠过南太平洋岛国瓦努阿图的一个游乐岛，游人也是采取这样的方式上岸的。

旅游业是新喀里多尼亚的支柱产业。登上海岛便感受到一股浓郁的好客氛围。岛上仿佛是一座布满绿色的公园。高大的树木顶在头上，低矮的花草铺在脚下，路边的草屋、零散的礁石，全都散落在万绿丛中，让人感到一种说不尽的美好。岛上的原住民喜爱大红大绿，许多人穿着红绿相间的短袖衬衫，他们爱将植物枝叶编成圆环，戴在头上。有的人，还喜欢在头前脑后插几朵红色或黄色的鲜花。一间没有门窗的草棚里，几个原住民站着或坐着演唱家乡的歌谣。我听不懂他们唱的是什么，但是那歌声的热烈和奔放，吹响的笛声和敲打的鼓点，着实让人喜欢。

海岛的坡道两边排列着大大小小的商铺。一间类似仓库的建筑门前，人来人往。走近一看，是一片大卖场。高高的屋檐下，整齐地摆放着各式各样的杂货摊位。坡道的另一边，站着许多游人，他们都是船上下来的游客，上岸后购了票，等待乘车去往不同的线路观光。

这座海岛不大，乘车绕岛一周，用不了一个小时。岛上生活设施齐全，有教堂、有医院、有学校，还有警察局。我走进酋长的住宅，这是一间大大的圆柱形的茅草屋，坐落在一个院子里，整齐的茅草房檐，低低地往下延伸，一直垂到我的胸前。由于门庭低矮，进出的人必须弯着腰。当然，在树丛中、草地上，也分散坐落着不少平房，这些民居一般都很简陋，讲求实用性。彩色的小汽车停在门前屋后，不经意间成了生活环境的一种装点。

漫步在南太平洋上的这座海岛，给我印象最深的是海湾。从海岛的高处看大海，眼前美得像一幅画。蔚蓝的海水送着清波，金黄的沙滩上，几个小孩在追逐玩耍。这里优美、平静，是能让人心净的地方。联想起昨天，游轮曾停靠在这个国家的另一个海岛。那座海岛上的海滩，被一片高大的椰子树密密地包围着。很少见到这样的景象。海滩狭长，距离大海不远的地方，沿着海滩，生长着一种叫不出名字的树木。那树木不高，但是枝干都胜过盆景的造型，美得令人叫绝。站在树下，能看到海水由浅青到淡绿，由青绿到蔚蓝、再到深蓝的过程，层次清晰。那些线条铺在海上，在湛蓝的天空下，延伸到很远的地方。

第二辑

我与哈士奇奔跑在北极的旷野

在秋的诗意边缘

记不清是先知道剑桥，还是先知道徐志摩的诗《再别康桥》的。

在很多年里，我一直在想象着传说中的微波荡漾的康河，庄严堂皇的学院建筑，超凡脱俗的克莱亚三环桥洞，还有风情万种的“康河之春”……想象着，是什么样的环境或意境，触发了诗人的灵感，令其写下了如此优美缠绵的诗句。

从伦敦出发，驱车不足两个小时，便到达了著名的剑桥大学。也曾到过牛津，牛津被誉为“大学中有城市”，而剑桥则不同，这里是一个“城市中有大学”的地方。

在漫长的岁月里，剑桥只是个乡间小镇。直到剑桥大学成立后，这个城镇的名字才开始为人所知，渐渐发展成一个拥有十万人口的英格兰小城。

很难用几句话来概括剑桥，这个地方好像是历史长河的结晶。到处是密密的绿树浓荫，随处可见宛如绒毡的草地。精致的小商铺，散落在街道两边，如同油画中线条拖出的点缀。几百年前建造的中世纪风格的教堂和各式建筑保存完好，高大的染色玻璃窗格，掐着金丝，或深绿，或紫红，或橘黄，像一幅幅瑰丽的图画，与山墙上爬满的鲜花和青色、褐色的藤蔓一起，成为小镇靓丽的风景。

剑桥大学的校舍融合在小镇的建筑之中。许多门廊或墙壁上，仍然装饰着古朴庄严的塑像，保留着曾经的印记。漫步在一所所学院、图书馆、研究所和实验室的门口，面对各式哥特建筑、巴洛克建筑、文艺复兴建筑……我双手抚摸墙壁上那些已经古老得发黑的石砖，仿佛在翻阅着剑桥的历史。

脚下的石子路，从一片绿草的怀抱中延伸过来，连接着一座短短的公路桥。康河从桥下横穿公路，流向剑桥大学的花园里。

站在桥上顺着河流的方向望去，左岸的坡地上，一片开阔的青草地连着一大片婆娑的垂柳和枫树。右岸错落有致地排列着草坪，以及安装着白色窗格的红色或灰色砖墙的楼房。有些校舍虽然略显陈旧，但饱经风霜的历史痕迹，使得这些建筑显得更加厚重与庄严。

我一路吟着徐志摩的诗歌走来，凭栏桥边，望着清清的河面和河上的木桥、石桥，《再别康桥》中的诗句又在耳边响起：

那河畔的金柳，
是夕阳中的新娘；
波光里的艳影，
在我的心头荡漾。
……
那榆荫下的一潭，
不是清泉，是天上虹；
揉碎在浮藻间，
沉淀着彩虹似的梦。

桥下，康河的水顺着窄窄的河床静静地流淌着。时而有撑竿的小船从河上漂过，像是要故意将游人的思路，带进诗人“再别康桥”的那段时光。

喜欢剑桥的幽美。

在树林或者草地，随便找个地方，面对蓝天翻阅诗人的华章，遥想当年诗人一个人坐在草地上倾听的样子，空灵中仿佛有一种人心渴望的回响。

我不知道自己是怎样走进诗行的，思绪久久徘徊在一个人的世界里。我从书本中读到的那年夏日，生活给了诗人自然真实的欢畅。他有绝对单独的闲暇，独自在校园里徘徊，寻找洒落其间的青春年华。他说：“竟像是第一次，辨认了星月的光明，草的青，花的香，流水的殷勤。”

我沉浸在诗人记忆的那个金秋。校园处处金黄，大地气爽。他有整整一学年的时间里独处，一个人去接近真正的康桥生活。他觉得，那是甜蜜的单独、甜蜜的闲暇。于是，他慢慢地“发现”了康桥。他不曾知道过更大的愉快。为听鸟语，为盼朝阳，为寻泥土里渐次苏醒的花草，为体会最微细最神妙的春天的信息……我的眼前出现了一幅幅画面：一个又一个清晨，诗人冒着寒冷，独自去薄霜铺地的林子里闲步；一个又一个黄昏，他坐在康河边，面对流水静思；一晚又一晚，他出神似的倚在桥栏上，向西天凝望……

记得诗人说过：“那些清晨，那些黄昏，我一个人发痴似的在康桥！绝对的单独。”他甚至把在康河边上过一个黄昏，当作一服灵魂的补剂那样享受。

在诗人的世界里，一个人的单独与寂寞，竟是如此美好！

窄窄的康河，呈“几”字形蜿蜒在这片土地上。剑桥大学一些著名的学院沿着康河铺展开来。踏着小镇街边的石板，在城内可以看到这些学院古朴深邃的正门；顺着河边行走，可以浏览河边青青的草木，各个学院后院宽阔的草坪和高耸、典雅的建筑。

剑桥的美在于一种意境。这种意境，需要内心的安宁和平和来感受。在诗人的眼里，静谧的日子总是美好得让人憧憬。他会顺着带草味的和风，随心所欲地前行，把自己交给自然，放飞半天的逍遥。或是，在满是清荫与美草的道上，随地休憩，看天、听鸟、读书，倦了时，和身在草绵绵处闭上一会儿眼睛，寻梦去……

夕阳里，我仿佛看到诗人又一次将平地的晚霞当作一种神奇，努力地骑车追赶天边日头的影子，直至激情万丈地跪倒在晚霞绽放的万缕金辉中的样子。

他的情感是虔诚的。他爱写他心爱的对象，但是，又怕描坏了它，说过分会恼了它，说不谨慎辜负了它……于是，诗人便沉静在星光下听水声，听近村的晚钟声，听河畔倦牛轻轻的嚼草声。他认为，那是另外一种美感的体验，是他在剑桥的生活经验中最神秘的一种感受——“大自然的优美、宁静，调谐在这星光与波光的默契中不期然的淹入了人的性灵”。

秋叶，被季节的时令染红。黄昏的剑桥，风光清幽而恬静。

宽阔的草坪上，飘洒着点点落叶。站在河边，面对青草环抱着的那块用中文铭刻着《再别康桥》诗句的石头，我的心仿佛游走在半梦半醒之间。

我觉得，《再别康桥》是一朵梦幻般的云彩，那是对剑桥深厚情感的堆积。康桥英文原意为“剑河之桥”，诗人结合音译与意译，翻译为“康桥”，更具美感。记得徐志摩曾经这样描述过在剑桥生活的感受：

难忘七月的黄昏，远树凝寂，
像墨泼的山形，衬出轻柔暝色；

密稠稠，七分鹅黄，三分橘绿，

那妙意只可去秋梦边缘捕捉。

我想，品味《再别康桥》的诗意，也许应该走进这样的意境。在自然里，去寻找那晚钟撼动的黄昏、去寻找那秋意边缘孤独的宁静。

意大利笔记

一　浮在海上的水城

一艘艘贡多拉停靠在岸边，随着海水起伏。那情景，好像是这座城市鲜活的标志。

我沿着海边的道路，走向圣马可广场。窄窄的河道里，贡多拉高昂着头，欢快地穿行在水城的每一个角落。这是怎样的一座城啊——水，贯穿着每一座桥孔。桥，衔接着每一片土地。城，怀抱着每一条河流……水城，就是这样没有止境地循环往复，威尼斯城依恋着水的滋养，水也期盼着城的相拥。也许，威尼斯的水与土本来就是一对不可分割的孪生兄妹。水是威尼斯的天地，城是威尼斯的灵魂。

狂欢的季节里，来往的行人都带着永恒的假面微笑。这种微笑，把心情都写在每个人的脸上，就像漂浮在海面上的城市一样，如梦如幻，给人难以想象的绝妙。

二　百花盛开的地方

我漫步在亚平宁山麓阿尔诺河谷的凹地。走遍佛罗伦萨四十多家博物馆，在深邃的历史长河中，看到了辉映世界的光芒。我无法列出这里曾经诞生的世界上最伟大的文学家、艺术家、哲学家、科学家和建筑家的名字，但深深知道，迄今为止，地球上没有任何一座城市产生过这么多伟人，且对人类历史文化带来如此深刻的影响。

望着一片片深红的屋顶、深绿的百叶窗，我在街道、教堂、钟楼、广场等古老的建筑之间，寻找历史的影子。却发现，这里到处蕴含着沉默的谦卑与不灭的朝气。晚霞中，我伫立在米开朗琪罗广场的崖边，望着山下河水中那些历史的流连。俯瞰这座艺术名城，脑海里一次次翻腾起文艺复兴时期的那些人、那些事，达·芬奇的画作，但丁的诗句……

难怪徐志摩忘不了他在“翡冷翠”生活的迷醉：“摇曳着一头的蓬草，纵容满腮的苔藓……自由地扮一个牧童，扮一个渔翁，扮一个农夫……像一个裸体的小孩扑入母亲的怀抱……”

对文学家或艺术家而言，百花盛开的地方，可以安放灵魂。

三　不可复制的丰碑

曾在照片上见过“天空之城”——茫茫云海缠绕在古城的胸膛，古城高昂着头，面对蔚蓝的苍天。曾在宫崎骏的动画电影《天空之城》中见过古城的影子，尽管它曾荒废了几百年……

攀登着，行走在孤独的长桥。通往山顶的路虽然只有四百四十三米，但我仿佛穿越了几个世纪。一步步走近古城，我的心渐渐接近遥远的历史。

不敢打扰古城沉睡的梦境，我轻轻地移动脚步，静静地看着半圆的拱门，墙边的石梯，长满茅草的院落，脱落了后墙的房屋，还有城墙边早已风化、还在不断滚落的岩石……有人称这里为“垂死的村庄”，而我，一遍遍轻呼着古城的名字——白露里治奥，仿佛置身中世纪的荒野里，寻找故人！

辽阔的台伯河谷地，满眼荒芜，没有人迹。面对古城的豁口，眼前出现了这片土地曾经的繁荣，商贾云集延续了几个世纪……我想垒砌笨拙的文字，为这座孤城唱一支颂歌——在这片荒野里，只有它，为我们延续着历史。

四　如诗如画的阿玛尔菲海岸

我是听着帕瓦罗蒂《重回苏莲托》的歌声，走向阿玛尔菲海岸的。那波利人总是为自己家乡的景色而销魂，在这片土地上重听这首民歌的时候，我的心被一种深深眷恋的情感冲击着，融化了……

阿玛尔菲海岸的盘山公路，像挂在山崖上的一道风景。从那波利经苏莲托到萨莱诺，人总是有行走在画中的错觉。沿海边逶迤的山崖前行，眼前会不断呈现出一道道出人意料的美丽景象。

蓝色的第勒尼安海，静静的。灿烂的阳光，在海面洒下扇形的、宽阔的晶莹。一座座山崖上，伫立着白色别墅或造型各异的房舍。黄杨、紫藤等多种树木环抱山头，装点着风光旖旎的海岸。

小城散落在绵延山涧的万绿丛中。在海岸一处陡峭的山坡上，我漫步在阿玛尔菲城的古教堂和一些外来风格的建筑中，细细打量着世界第一部航海法典《阿玛尔菲航海法典》的诞生地，找寻曾经的故事……

都说阿玛尔菲海岸如诗如画。我觉得，阿玛尔菲海岸展现着一种极致的美，还有一种让人说不清道不明的难舍韵味。

五　黄昏中的蛋堡

金子般的夕照，洒落在那不勒斯的海面上。海边山头的黄昏，与桑塔露琪亚海岸的日出一样，清新而壮美。那种绚丽，是蓝天与大海遥相呼应的杰作，让人流连忘返，唯恐它会消失。

站在海滨大道与梅加利德小岛之间唯一的通道上，脚下的小桥，承载着两千多年历史的厚重。小岛好似铺展着的一本书，记录着蛋堡在古罗马时代充当要塞的繁盛，以及 17 世纪这里作为监狱的冷漠与萧条。

我想起传说中古罗马时代的一位男巫，他以诗人浪漫的情怀，用一只鸡蛋揣度这座古堡的凶吉与未来。我想，那只秘密藏在城堡建筑支撑点上的鸡蛋，一定坚如磐石，它造就了奥沃城堡亘古的传说，还有地中海边这一片诱人的美丽。

站在高高的城堡之上，看着水面几只海鸥起伏盘旋，岸边渐渐亮起盏盏灯火，感受着一座城市日夜交替的神奇与温馨。

远处的夕阳沉迷在红彤彤的晚霞中。近海，一艘艘帆船与游艇，静静地沉睡在港湾的怀抱里。隔着那不勒斯湾朝东远眺，暮色苍茫，维苏威火山的轮廓像一幅剪影，挂在灰色的天边。

六　醉在曲线的迷离

在西西里岛，距离阿格里真托十五千米远的一片海滩上，我见到一大片奇异的白色石崖。从高高的山头开始，一层层留有相同的上下间距，如同阶梯一般。长长的曲线，蜿蜒铺展在石崖上，从上到下整齐排列，一直延伸到大海里。景色恬淡清爽，优雅而美丽。湛蓝的海水，亲吻着石崖的山脚，惊涛拍岸，卷起一丛丛怒放的浪花。

曾听说，意大利电影《西西里的美丽传说》取景地之一的土耳其阶梯如同梦幻一样神奇。当我走近它的时候，竟有些不敢相信眼前的一切都是真实的。

听着海风，我轻轻踏上巨大的石崖，这石崖洁白温润，光洁如玉。有些石条的局部位置，透出秀丽的鹅黄或浅浅的褐色，也有的地方露出柔软的青灰。我匍匐在这片美妙的石崖上，像一个鉴宝的人遇见了上品，渴望将心与它贴在一起。在石崖的一头，找一级阶梯，轻轻坐下。我抚摸着它光洁的岩壁，犹如托起圣洁的美丽。

都说土耳其阶梯是千百年海水侵蚀的痕迹，但我不信。我要说，土耳其阶梯，是天工利斧的传奇！

七　火山被我唤醒了

向往埃特纳火山，是出于对它的了解。我知道，这座欧洲最高的活火山，是世界上喷发最频繁的火山之一。

这个冬天，在西西里岛的东岸，我坐着汽车长途跋涉，转换缆车攀上山头，又乘上像坦克一样勇猛、喘着粗气的雪地车，向海拔三千二百米接近火山口的地方艰难挺进。

世界银装素裹。远近的山坡上，张着一个个黑黑的大口，像灶台上没盖的铁锅，那是火山喷发后留下的火山锥。几点身着红绿滑雪衣衫的人影，挥舞着滑雪杆，在山间迂回起伏，穿行在银色的世界里。

从来没有见过这样蓝的天空。在火山口隆起的白雪映衬下，苍穹像绸缎一般光洁，深邃无垠。脚踩无边的雪地，头顶浩瀚的晴空，世界仿佛静止了一般。

“我来啦——！”我情不自禁，仰天长啸。

不承想，话音未落，只见不远处高耸的火山口，默默吐出一大口浓浓的褐色烟团。那烟团轻轻浮在空中，停顿了片刻，之后才渐渐被风吹散……像是火山从梦中惊醒，轻轻地发出一次喘息。

我的心情兴奋极了！同时，也伴有一些莫名的忐忑。

罗马地铁上的两个女人

在意大利旅行，最后一站是罗马。

意大利是一个艺术的世界。从米兰到威尼斯，从佛罗伦萨到罗马，无论是历史残留的城堡、远古的宫殿、文艺复兴时期的遗迹，还是水城的风光抑或街边的人文景象，处处渗透着一种浓烈的艺术气息。意大利曾经孕育出罗马文化及伊特拉斯坎文明，当今，在联合国教科文组织拥有四十八个世界遗产，不愧为欧洲文化的摇篮。我在作为浪漫爱情片《罗马假日》拍摄地的许愿池稍作停留，时近黄昏，于是决定选择熟悉的路线，乘坐地铁返回酒店。

罗马的交通十分方便，除了路面公交，地铁是人们常常选用的交通方式。罗马有两条地铁线路，呈“X”形状展开。橘色的 A 线和蓝色的 B 线，在特米尼车站交汇。罗马地铁的标志是红地上一个白色的“M”，非常醒目。

罗马的地铁设施相对欧洲其他大城市来说是比较简陋的，规模也不大，甚至比不上米兰的地铁。主要原因是罗马这座城市的地下埋有大量古罗马时代的历史文物，地铁系统的扩建必须兼顾文物保护。据说，近年来罗马的地铁又在规划着 C 线、D 线的建设，原有线路也不断延伸着。

站台分成上下层面，站台与站台之间的通道很多，道路的弯转有些烦琐，必须注意各种标牌指示才行。地铁站建成有些年头了，陈旧的墙面上、站台上，甚至一些列车上，都画满各种涂鸦。有的用笔描绘，有的用喷枪涂抹，各种线条、各种颜色杂乱地汇集在一起，不知是在表达着某种艺术，还是在宣泄着什么情绪。

接近下班的时间，地铁的乘客比上午出门时多了一些，但是很有秩序。

列车还未到达，站台上的人们都在静静等待。我的身后，两个女人靠墙坐在低矮的长凳上，聊得很欢。不一会儿，列车进站了，那两个女人不知何时已经站在我的面前了。她们个子一高一矮，都是三十多岁的模样。高个子女人怀里抱着一个小婴儿，矮个子女人挺着个大肚子。

车厢内乘客很多，拥挤。我礼让着两个年轻女人先进入车厢。上车后，她们立即转过身来，面对车门后退，友善地给我留下一个很小的空间。我满怀谢意，顺着那空间上了车。我与那两个女人挤成三角的位置，背靠着车门，无法动弹。

列车摇晃着。空间狭小，高个子女人将孩子抱得高高的，几乎顶着我的胸膛。一双眼睛默默地望着我，表情显得艰难而无助。我尽力地谦让着她，以缓解她抱着孩子的不便与劳累……

突然，我隐约感觉有人在拉我胸前的挎包。由于高个子女人抱着的小婴儿，挡住了我的视线，我只能本能地用手去护住自己的挎包。当我的手接触到胸前的挎包时，触摸到另一双正在拉我挎包拉链的手！从站在面前的矮个子孕妇冷静的眼神中，我意识到，自己面临着一个老练的盗窃团伙。

出人意料的是，那矮个子孕妇显得十分镇静。明知我已察觉她的行为，她却无所顾忌：一双大眼睛紧紧盯着我，肆无忌惮地继续拉我挎包的拉链。我气愤地目瞪着她，双手紧紧地捏住自己挎包的封口！

我知道，此刻绝不能对那两个女人采取什么行动。如果我去抓住那两个女贼，她们很可能会上演另外一幕。比如：人往地上一躺，又是孕妇，又有婴儿，万一再来个“血口喷人”，我就很难收拾局面。我想方设法，尽力挤出她们的包围，走向车厢的中部。低头一看，挎包的拉链已经拉开了一半。

此刻的景象，使我联想起昨夜发生在酒店的一幕。一对新婚夫妇来到意大利度蜜月，坐在酒店大堂的沙发上聊天，仅仅一转眼的工夫，放在圆桌上的钱包和相机就被人偷走了。他们报案无果，只能无奈地跟随着团友在罗马街头闲逛。旅行团的朋友纷纷用自己的相机为他们拍照，希望幸福的瞬间能冲淡他们的遗憾与烦恼。

列车到站，我挤出车门。站在站台上，终于松了一口气。

我回到酒店，坐在大堂的沙发上，回想起地铁上的情景，惊魂未定。忽然，手机铃声响了。电话的另一头，传来带团前来意大利的领队惊恐的声音：几分钟前，随身携带的几万元团费以及导游证，在地铁列车上，被盗。

我与哈士奇
奔跑在北极的旷野

2018 年 1 月 1 日　阴转小雪

没打算去北极的时候，只知道那里冰天雪地，非常寒冷，不会过多地关注那个遥远的地方。现在，人在途中，一次又一次展开了地图。

北极的中心地带，是浩瀚的北冰洋。在北纬 66 度北极圈线与北冰洋之间的一些地方，铺展着俄罗斯、美国、挪威、瑞典、丹麦、冰岛和芬兰等国家的部分领土或领海。

我选择从芬兰进入北极，不是因为我曾来过这个北欧国家，而是圣诞老人的故乡和著名的桑普号破冰船吸引着我。

在赫尔辛基过新年，我抽空去了郊外的波尔沃古城。在这个中世纪芬兰第一个被称为城镇的地方，我看到了千里冰封的景象。

2018 年 1 月 2 日　小雪转阴

离开赫尔辛基，飞机向北飞行了一小时四十分钟，晚上六点降落在位于北极圈附近的伊伐洛。机舱外，遍地白雪，像铺了圣洁的地毯。

乘上一辆大巴，空调很足，暖暖的。车窗外黑色朦胧，什么也看不清，只有车头两束明亮的灯光，照射在洁白的道路上。

司机是个五十多岁的中年男人，大嗓门，热情开朗。

“你们好吗？”他一开口，我吓了一跳，他说的竟然是中文。

他说：“这里现在是极夜，明天的白天也是黑黑的。不会明亮！”我找着话茬儿，夸他中文说得好，他头也不回，笑着用手指比画，“一点点！”

“你们为什么来北极？这里很冷！”司机问。

我告诉他：“为了看北极光！”

“哦！”他一副恍然大悟的样子，“知道了。为了好运！”

原来，芬兰语的北极光，与很多信仰和故事有关。这里的人，认为北极光会给人带来好运。

一个多小时后，大巴车停在一个叫萨利瑟尔卡的地方。广阔的大地上，大大小小的树木，被冰雪压弯了腰，僵硬着，像死去了一般。几间零散的木屋没有灯光，厚厚的积雪压着紧扣的柴门。一家中等规模的旅馆里，亮着昏黄的灯光，人来人往，热气腾腾。大堂里，摆放着几排长椅，挤满了喝茶的、抽烟的、跷起腿喧哗聊天的人，让人联想起国内北方乡村的车马店。

司机边帮着搬箱子，边告诉我们，芬兰人都说看极光的最佳时间是磁午夜，也就是半夜之间的半小时，不过，他认为晚上十点到子夜一点都是观测极光的好时段。

观看极光是北极之行最重要的内容。迅速落实了旅馆房间，我们将带来的行装全部穿在身上，里三层、外三层，严严实实地将自己裹了起来，只露出两只眼睛。

北极的夜晚，寒气逼人。有人不停地跺着脚，晃着身子，也有人缩着头，耸着肩，在原地哆嗦打转，自我取暖。我们冒着极度严寒，爬上高坡、下到冰冻的河面，几度辗转追寻极光。这个夜晚，我们没能如愿。

2018年1月3日　小雪转中雪

按照行程，今天要行车一百八十千米，去极地的罗瓦涅米（Rovaniemi）紫水晶矿参观。

紫水晶矿位于洛斯托山顶上。一路过来，窗外的风景除了雪还是雪。白雪的景象，随着物体的变化而变化，特别是路边的树林，风姿万千。

车到山脚，需要换乘履带式登山车去往山上。下得车来，一脚踏进厚厚的积雪中，脚下传来“咔嚓”的声响。虽然气温接近零下三十摄氏度，但不觉得寒冷，人完全被一股清新的感觉灌醉了。

迎面的飞雪越来越大了，好像没有人顾及。皑皑白雪覆盖的大森林，成了摄影的背景。几个人忙不迭地摆出各种姿势，举着手机，互拍、自拍，生怕遗漏了哪个角度。我索性一屁股坐在雪地里，向后倒了下去，仰天躺在厚厚的雪地上。伸开手脚拍打雪地，扬起朵朵雪花，那叫一个爽啊！其他几个人也学着我的样子，先后倒在雪地里，任凭天空飘洒的雪花装点自己。

履带式爬山车喘着粗气，慢慢向山上挺进。途中，几间用粗粗的圆木搭建的营地木屋，被积雪封了门窗。

站在山头放眼望去，山下洁白的大地，辽阔、壮观。山头的一角，开着一个中国江南人家屋顶常见的“老虎窗”，那是紫水晶矿的出入口。进入矿洞入口的小门，拐个弯，上下衔接着几道木梯，拾级而下，便是世界上唯一一座对游客开放的宝石矿山。这个近两百平方米的地下空间，铺满大大小小的矿山碎石，游客们拿着小铁铲，蹲在地上，纷纷动手挖掘寻找属于自己的幸运，同时，还能聆听先辈流传下来的有关故事。

2018 年 1 月 4 日　阴转多云

我们上午乘车来到凯米的码头，已近九点。黑乎乎的海边没有人影，静悄悄的。著名的桑普号破冰船孤单地停靠在码头上，甲板层亮着几点昏黄的灯光，仿佛一切都还在熟睡中。

码头边，矗立着一块木板，上面是桑普号破冰船的宣传画。这艘 1960 年建成下水的“老古董”，是世界上唯一一艘载客破冰两用船。尽管它的排水量只有三千五百多吨，却能击碎八米厚的冰层。每年冬天，波的尼亚湾北部的冰层厚达数尺，这个时候，游客便可以登上破冰船出海观光。

海面上，刺耳的“咔嚓、咔嚓……”的碎裂声响把我引向甲板。昏暗的天色中，船头两束强烈的聚光灯，直直地照射在远方的海面上。随着激烈的破冰挤压声，大大小小的浮冰在船体周围聚集着、推搡着，随着起伏的海水轻轻晃荡。

我们用完自助午餐，准备浮游。船尾的后门边，一道铁架扶梯，从三层甲板通向底层船尾的平台。扶梯边，两间舱室挂着一排排更衣箱，客人需要在那里穿上橙色的特制橡胶服。这身衣服，从头到脚连成一片，密不透风，只留下眼睛、嘴巴和鼻子的位置。

穿上浮游外套的客人，顺着落下的扶梯，缓缓地离船，来到结了厚厚冰层的海面上。极夜季节的午间，是一天中最亮堂的时刻。远望海面，白花花的一片，泛着浅浅的光。破冰船停在海的中央，船尾有两座足球场大小的海面不见大块冰层，海水荡着清波。

凯米周边的大海，一年中几乎有一半的时间都结冰。桑普号破冰船用船首坚硬的装置，在冰面上给其他船只开出一条清晰的路线。这一片开放的水上漂浮区域，就是由桑普号在冰上创建的。

有人下水了，人体只能保持仰泳的姿势，朝上浮着。

厚厚的冰层边，两个工作人员将我从冰上轻轻地推送下水。我心里有些忐忑，但又不甘心失去这种难得的体验。不觉得寒冷，只是背脊里透着一阵阵冰凉。海水晃动着细碎的冰块，不断把我推向远方。当我发现自己离船越来越远的时候，内心一下子慌乱起来。我不知道是不是应该举手示意，请求救援。我斜着眼睛，看到有人比我漂得更远，心里便得到一丝安慰。不过，我还是很快地用手轻轻划动，渐渐靠近结着冰层的岸边，示意工作人员将我拖拽到冰面上去。

回程途中，望着舷窗外结冰的海面，满脑子尽是冰海浮游的情景。我掏出挎包里的纸和笔，趴在小桌上，一字一句记录着自己的感受：

破冰船泊在海的中央
海水　在冰的怀里荡漾
北风刺进了骨子
悬梯挡不住激情冲撞
浮冰咧开嘴　瞪着眼睛张望
伴着下一秒猜测不出的迷茫
…………

今夜的天空没有月光，也没有云彩，洁净而高远。

司机一边开着车，一边信心满满地告诉我们，这个天气状况不错，到了萨利瑟尔卡，可以到宾馆的后山上去等极光，说不定会碰到好运。

宾馆的后山是一片开阔地带，除了山崖边两间旧屋的半截残迹，什么也没有。寒风像一只捏着刀片的手，不断地在人的脸上横一刀竖一刀地割着，生疼生疼的。手套好像是装饰，完全不起保暖作用，双手一会儿就冻僵了。

有人看到天边出现了一道灰色的云带。大家争相用手机、用相机拍摄起来。然后，挤在一起比较，希望在方寸之间找到绿色的影子，维持等待的信心。

“看——！”突然有人高呼起来。放眼望去，北方远处漆黑的苍穹上，出现了一道淡淡的带状光斑，像一条长长的云层。

大约过了十分钟，那云带逐渐由浅灰变白，又慢慢地由白变绿，而且不断向前方延伸着。在亮度与色彩不断变换的同时，它的形状也开始扩散，犹如一盆水里重重地滴下了染料一般，不停地漫延开来。我惶恐地沉陷在绿野里。

幻想变成现实来得太突然。还没等我缓过神来，一道绿色的烈焰，从北方迅雷不及掩耳地奔来，不，那是一种爆发，直逼到我的面前，天地亮成一片。

那绿焰在天空中不断地蹦跳、舞蹈，曼妙多姿。与此同时，几道粗犷的带状光芒交叉着，像熊熊烈焰一般，沿着不同的方向冲击、扩散开来。它的末端，似天际的彩云，又似女人头上披挂的面纱，展现着一片温柔迷茫的灿烂。那一轮又一轮赛过闪电的强烈光焰，紧紧地把我包裹着，将我毫无保留地暴露在天地之间。我目瞪口呆，来不及呼吸，也找不着自己……

这个夜晚，每个人都像是穿越了梦境，极度兴奋。

2018年1月5日　多云转阴

上午，我们去大河凿冰、钓鱼。坐上汽车，先要去保暖服租借地换衣服。换北极防寒服，是令人头痛的事情，衣服厚重，紧紧地裹着身体。衣服穿进去了，弯不下腰，还要穿笨重的靴子。

北极的路，白雪裹着两道辙印，全都僵硬成了一个模样。路旁，冻僵的老树驮着冰枝玉叶。车灯穿越黑暗，沿途重复着昨日的风景。

为了来北极旅行，我曾做了很多准备。厚厚的羽绒衣、鹅绒服，中长的、加长的，装备齐全，高高低低的雪地靴也带了三双。到了这里才知道，上海买的衣服鞋子，在北极特殊的环境下，是达不到保暖需求的，必须在自己的衣服外边再加上当地租用的防寒服。我不知道宇航员出发时，穿上太空装后是什么感觉。我断定，我套上北极的防寒服后，感觉一定不会比宇航员轻松多少！

令人没有想到的是，这样的服装今天竟然脱卸了两遍。第二次套上防寒服是在午饭后，去体验雪地摩托冲击的快感。

雪地摩托与一般的摩托车构造不同。雪地摩托没有车轮，车头两边，两只长长的雪橇板，翘着头伸向前方。车的前架支撑在雪橇上，车后部位是两条窄窄的履带。十几辆雪地摩托排成一路纵队，扑闪着灯光，在冰天雪地里呼啸起来，很是壮观。

今晚，我在童话的世界里就寝。洁白的雪地上，散落着二十多座晶莹的玻璃屋。玻璃屋被一堆堆白雪簇拥着，屋顶的玻璃面棱角分明，远看，就像上帝把精心切割的钻石撒在了天际。

玻璃屋顶大约有两米高。低矮的过道边，简易的卫生间能满足日常生活的需要。进入室内，正中的位置放置着两张单人床铺，透明的玻璃，沿着圆圆的屋顶一道道铺下来，一直铺到离地面一米高的地方。

在北极空旷的雪野里，夜宿玻璃穹顶屋，心里有一种难以言表的兴奋。如果夜半时分，北极光穿过穹顶，玻璃屋被绿色的烈焰笼罩的时候，那种氛围一定是令人神魂颠倒的。可惜，这个夜晚，极光没有来临。

2018 年 1 月 6 日　阴，有时有小雪

今天见到了“圣诞老人”。

传说每年圣诞节的时候，圣诞老人从烟囱爬进屋子，把礼物放进长筒袜里，那只是一个美丽的童话。但在芬兰，这不再是一个故事，圣诞老人就住在罗瓦涅米附近北极圈处，圣诞老人村里。

世界上只有一个圣诞老人。我心怀尊重，踏着北纬 66 度北极圈线，轻轻走进圣诞老人的办公室。这是一座木制的小楼，色彩的装点和灯光的设计，红红火火的，透着圣诞的喜气。圣诞老人的办公室全年开放，这间正规的“办公室”并不像上班族办公地点那样刻板，这里常常充满欢声笑语。室内周边的墙壁上，张贴着许多圣诞老人和客人的照片，其中还有与一些外国政要的合影。

圣诞老人戴着一顶红色帽子，上身穿着红马甲，脚蹬红靴子，坐在那里，雪白的胡子打着好看的卷，长长地飘落下来。我用英语向他问好，他却用中文答谢了我。我问圣诞老人贵庚？他说，自己一直在算，数数能记得多少次圣诞节。而每次数着数着，便不知不觉地睡着了。他笑着说，多少年只是个数字，重要的是保持心态和头脑年轻……

我和圣诞老人坐在一起，合了影。他慈祥的面容定格在我的心头。

我捧着跨越北极圈的纪念证书，赶往村里的圣诞老人邮局。邮局里很热闹，不大的内外两间套房，摆放着许多北极圈内的风景照片和圣诞老人村的纪念品。这里每年都会收到来自世界一百五十多个国家和地区的数十万封信，每一封来信都会得到回信，回信的邮戳就是圣诞老人头像。我选购了两枚纪念邮票，仔细地贴在跨越北极圈的证书上，盖上了当日的邮戳，留作纪念。遗憾的是，忘了请圣诞老人在我的纪念证书上留下几个亲笔文字。

2018年1月7日　阴，有时有小雪

又要穿笨重的防寒服了。不过，这一次没有人抱怨，因为每个人的心中都期待着，体验一场哈士奇拉雪橇的经历。

越野车从洛瓦涅米出发，向北行驶了五十分钟。下车后，步行穿过树林间的几间小屋，便听到群犬狂吠的声音。走近看到，一片小树林里，四条哈士奇拉着一辆雪橇，十几辆雪橇被系在一棵棵树干上，几十条哈士奇全都摆出准备冲锋的勇猛姿态，有的还不时直起身子，仰天怒吼。

哈士奇拉的雪橇，安置有两个乘客的位置。前面的乘客可以坐在雪橇贴近地面的斗篮里，后面的人则要用手抓住齐腰高的栏杆，站在雪橇后部伸出的两条木头上。

基地的指导教练，是一个精干的中年男人，他大声宣布着注意事项："第一，途中无论发生什么状况，即使是翻了车，乘客也不可以撒手。否则，你会被扔在荒郊野外的冰天雪地里，或者迷失在黑暗的大森林中。而且，你松了手或者下了车，雪橇负重轻了，哈士奇就会迅速往前冲，人是追赶不上的。第二，爬坡的时候，哈士奇非常劳累。后面站着的乘客，要蹬上几脚，推动雪橇上坡。相反，下坡的时候，雪橇下滑的冲击力很大。如果速度过快，一不注意就可能伤及哈士奇。下坡的时候，后面站立的人，要用脚踩下栏杆外

的刹车片，控制下滑的速度。”

极夜季节的暮色中，天空透着一抹暗暗的鹅黄。四条哈士奇拉着我们在遍地洁白的大森林中狂奔。H 坐在雪橇的斗篮里，我站在车后边，两个人不时扯着嗓子交谈几句，兴奋极了。

雪地的小路伸向森林深处，树高路窄，沿途很美。我想用手机拍几张照片，或者录一段视频，可惜双手戴着厚厚的手套，又怕手机滑落。飞奔在雪地里，根本没有办法捡回手机。

站在雪橇的后面，我清楚地看到四条哈士奇奔跑时吐出的一团团白色气体。几条哈士奇生龙活虎，它们的体型比我想象的要小一些，但模样很可爱。靠左边冲在最前面的一条，背部长着两团黑毛。黑毛好像是领头犬，奔跑得十分欢快。也许是长时间拉着雪橇奔跑，身体过于发热的缘故，它一边跑着，一边时不时将身体蹭着路边雪堆。

十千米的距离不算短。跑到一半，我发现几条狗都有些乏力了。每到上坡时，我尽力地将穿着皮靴子的右脚踩进厚厚的雪地里，推着雪橇前行。几个来回，浑身包裹的防寒服焐出我一身大汗，我不得不掀起笨重的头盔面罩来解热。而掀起头盔面罩后，刺骨的寒冷又像冰封的感觉，让人受不了。抹一把汗，我又赶紧把面罩放下来。可笑的是，路程过半后，每次上坡，几条狗就摆出慢条斯理的架势，不紧不慢地晃着，齐心地“怠工”了。黑毛还不住地回头看着我，那样子，仿佛在看上坡时，后边那个人究竟卖力不卖力……

看着哈士奇的身影，我想起今天上午在洛瓦涅米驯鹿基地乘坐雪橇的情景。一头高大的驯鹿，拉着乘坐了三个人的雪橇，沿着林中的小路奔跑。突然间，那头驯鹿一下子栽倒在路边深沟的积雪中，只剩头和颈部露在白雪之上。大伙儿想方设法，费了很大的劲才将那头驯鹿拖到路面上来。我看在眼里，心头有些难受。我想，驯鹿一定是累极了。眼前的哈士奇，也一定累了吧。

哈士奇拉着我们在天寒地冻的森林里奔走。出发时另一路同行的伙伴，早已不见踪影。偌大的旷野，前后漆黑一片，只有我头顶上戴着的一盏小射灯，淡淡地照着哈士奇前进的道路。

坐在雪橇斗篮里的 H，始终保持着一个姿势，寒冷的风霜一路迎面扑来，只能紧紧蜷缩着身子。捏住雪橇两边栏杆的双手，尽管戴着厚厚的手套，早已冻得失去了知觉。H 几次扭转头，大声提议，要求与我交换一下位置。可是，我们没有办法挪动自己，更不可能交换位置。要知道，只要雪橇的载重有一点点减轻，哈士奇就会不辞而别。

终于，跑完了十千米路程，哈士奇带着我们回到营地。看得出，四条狗狗已经精疲力竭了，不住地晃着脑袋，喘着粗气。黑毛扑倒在雪地里，不断地来回翻身打滚。H 坐在雪橇斗篮里，人都快冻僵了，笑着站立不起来。而我，厚厚的防寒服里，早已是大汗淋漓。

2018 年 1 月 8 日　多云

明天就要离开北极了，很想再看一看北极光。旅馆附近有个中国小伙子，他出价每人 50 欧，愿意带我们去他的营地。

越野车在冻僵了的路面上奔跑着，路边堆着白雪、被冰封的树木，高高低低、层层叠叠连成一片。小伙子边开车，边与我们唠家常。他告诉我，他是东北人，来极地已经十五年了。

眼前是一片荒芜的冰雪世界。我忍不住问他：“你怎么会到这儿来的呀？”

他“嘿嘿”一笑，若无其事地答道：“喜欢呗！你们不也来了吗？”

“见到过极光没？”他问。

“看到了一次。”我骄傲地回答，脑海里，顿时浮现出一片绿色的梦境。有幸看到极光，北极之行堪称圆满，激动了好几天。

一个多小时后，小伙子把车停在路边。他从车尾行李箱中搬出一个小木箱，放在地上，用绳子拉着在前面带路。他不时地高举起手中提着的灯盏，回头招呼后面的人，提醒夜间走路不要停留。

森林中的一条小路，弯弯曲曲延伸在积雪里，沿途树林黑压压的一片。没有人说话，每个人都紧紧跟随着前行的队伍，耳边尽是“咔嚓、咔嚓”踩雪的声响。

小伙子的营地，设在森林中靠近一条河流的地方。高高的白桦树下，两个低矮的三角窝棚，没有门窗，白雪覆盖的屋顶连着地面。一个窝棚里用木板支撑着一张简易的长条桌，另一个堆着杂乱的干柴。窝棚前有一块小小的空地，是燃烧篝火的地方。小伙子钻进窝棚，利索地打开携带的木箱子，拿出一只不大的保温瓶，向排开的纸杯里倒水，招呼大家暖暖身子。我看到箱子里还有一堆汉堡和一袋袋封装的肉肠。

篝火的温暖，给极地森林的夜晚注入了生气。稍加整理，小伙子便招呼大家来到百米之外的河边。高高的白桦林披着白雪，耸立在河道两边。宽宽的河道留出一片敞开的视野，向北方延伸。小伙子告诉我们，这儿是北极光时常光顾的地方。极地的夜晚极其寒冷，放在衣袋里的手机冻僵了，无论怎么操作，一点儿反应都没有；架在河边的两台相机仰着镜头，盯着北方的天空。不一会儿，人的手脚都冻得有些疼痛。

这个夜晚，除了轮流在河边观测的人员外，我们都围在篝火边。一双双穿着雪地靴的大脚，伸向篝火边取暖，满满围成了一圈，在红红的火光映衬下，成为极地雪夜的一道风景。小伙子不时地从窝棚中捧出几根干柴，往火堆里扔，一串串金色的火星高高地升腾飞舞起来，煞是好看。篝火边矗立着一根半人高的铁杆，铁杆上架着一只可转动的镂空钢丝盘。小伙子拿来汉堡和粗粗的肉肠，一边放在火上烤着，一边给我们讲着关于北极光的信仰和故事……

炭火中烘烤的肉肠热得爆开了，一阵阵香气飘散着，让人忘了寒冷，也忘了时间。

涅瓦河在夕阳下荡着金波

从冬宫出来，穿过一条大街，不远的地方，便是游船码头。

来到圣彼得堡，是一定要乘船游览涅瓦河的。圣彼得堡虽然河道纵横，但涅瓦河是贯穿城区的主要河流。它源于拉多加湖，自东向西，穿过圣彼得堡，注入芬兰湾。这条七十多千米的水道，约有一半长度位于圣彼得堡的范围内。因为有了这条河，圣彼得堡才显得丰姿绰约，真可谓城市与水同生，傍水而名。

黄昏时分，夕阳低低地照射在涅瓦河上，水面光耀一片。我无意端坐游船的舱室里喝酒听歌，悄悄上到顶层的甲板。

我知道，圣彼得堡是一座传奇的城市。三百多年前，彼得大帝来到这里建造新都，开辟了俄罗斯的中兴时代。在历史的进程中，俄罗斯人根据时代的需要，曾先后称这座城市为圣彼得堡、彼得格勒、列宁格勒，现在又恢复到从前的名字，圣彼得堡。

不远的地方，涅瓦河水默默流淌。前方，临近纳西莫夫海军学校的一条河道里，停泊着著名的“阿芙乐尔号”巡洋舰。那艘军舰，有一段被日月凝固的历史。

1917 年，“阿芙乐尔号”巡洋舰奉革命军事委员会的命令，提前停泊在尼古拉桥边。夜晚的 21 时 45 分，巡洋舰一声炮响，宣告了“十月革命”的开始。起义官兵和工人以炮声为信号，向冬宫进发，最终取得了革命的胜利。影片《列宁在十月》，我是在几十年前看的，很多内容都已记忆模糊。但是，在革命前夜，列宁乘着喷着白色烟雾的火车从流放地回到圣彼得堡，慷慨激昂地挥着手演说、领导革命的片段还历历在目。我眼前的“阿芙乐尔号”巡洋舰，就是伟大历史转折的经典符号。

圣彼得堡是一座古老的城市。眼前的涅瓦河，见证着这座城市发展的荣辱与兴衰。

我想起很久之前读过的一篇文章，里面有彼得堡遥远的述说。彼得堡建城之前，涅瓦河两岸都是荒芜的泥沼地带。作为沙皇，彼得大帝一直怀有向外扩张的雄心。很多年里，他闻到大海的气息，就异常兴奋。他说：“没有出海口，我会憋死的。”他深知，要想向外扩张，就必须打通出海口。面前的涅瓦河，就是他心中的希冀。

来到圣彼得堡的当天下午，我曾沿着涅瓦河边独自默默地行走。河畔的一些建筑，历史悠久。有些小楼，老朽得分辨不出站立的年龄。

河畔附近，有一座高高的彼得大帝青铜骑士像。仰望骑士像，灿烂的阳光刺痛了我的眼睛。彼得大帝为了打开一个出海口，实现建造彼得堡的伟业，隐姓埋名，亲赴涅瓦河北岸的彼得岛。在指挥建造彼得堡时，他在岛上一间用松木围成的简易木屋里生活了整整八年……他的远见卓识和魄力担当，给长期封闭落后的俄罗斯带来了外面的新鲜空气，不能不让人由衷赞叹！

遥望涅瓦河北岸，河岸绿树成行，各式建筑令人目不暇接。我不知道彼得岛确切的位置在哪里，只能在心中想象着，那间松木建造的低矮小屋，以及工具间里放着的车床，还有斧头、锯子、刨子、锤子的样子……

圣彼得堡是一个推动了历史进程的地方。

站在游船的甲板顶层，观望两岸，沿河的建筑不断从面前越过。雄伟的冬宫，庄严的伊萨基辅大教堂，沉寂的彼得堡要塞，华美的艺术学院、列宾美术学院……华丽中透出凝重色彩的欧式建筑，蒙上日月的硝烟，能够让人触摸到这座城市历史的厚重。

船底层的客舱里传来一阵阵欢声笑语，让涅瓦河在这个白天与黑夜交接的时分，充满了活力。

中世纪遗留的美丽

在东欧旅行，令我印象最深的，莫过于那一个个精致而美丽的小镇了。东欧的小镇，是一道道风景，不仅平和、靓丽，且各具特色。从中国游客称之为山丹丹的匈牙利多瑙河畔的圣安德烈到斯洛伐克布拉迪斯拉发悠闲的老城，从奥地利迷幻般的港口圣吉尔根到酿造百威啤酒的鼻祖捷克布杰约维采，一个个小镇艳丽、平和而又典雅，风光迷人。无论在哪个小镇住上一夜，梦里都会带有斑斓的色彩。

美丽的圣沃夫冈湖，亲吻着周边的三个小镇。其中，规模最大的小镇是圣沃夫冈。漫步在圣沃夫冈起伏的街巷，面向青蓝泛绿的湖水，背倚沉静巍峨的萨尔茨卡默古特山脉，心情有一种说不出的美好。自中世纪以来，这里就是奥地利历代王朝的王公贵族们度假和打猎的地方。凡是来圣沃夫冈的游人，都会来著名的白马酒店门口拍照留影。我知道，这座紧邻湖畔浪漫如歌的红墙、黑瓦、白窗建筑，因为一部名为《圣沃夫冈湖畔的白马酒店》的轻歌剧名扬世界。

我喜欢位于布拉格以西约一百二十千米的卡罗维发利，这是一个历史悠久的温泉小镇。早在 14 世纪中期，人们便发现了这里的温泉资源。与一般温泉辟为浴场不同，这里的温泉以饮用为主。当地人喜爱在温泉附近修建回廊，供人遮风避雨或闲庭信步。一排排回廊设计不同，装饰各异，有的排排立柱，显得威严庄重；有的镂雕饰顶，一派田园风光。众人称道的磨坊温泉回廊，由捷克建筑师花费了十年时间设计建造完成，回廊由中殿、侧廊及众多廊柱组成。廊柱上有十二尊古典雕像，据说分别代表十二个月份，美轮美奂。用透明玻璃围起的瓦杰狄洛温泉回廊，是小镇最具现代设计感的回廊，人们可以在回廊的一长排温泉出水口根据温度的不同，分别接水饮用。

由温泉闻名于世的卡罗维发利，不仅环境优雅，城镇建筑也极其华美。奥赫热河静静地流淌在小镇中央，河道两旁依山起伏，聚集着三五层高的各式建筑，青灰色的屋顶，浅黄、粉白、淡绿、粉红等多种色彩的外立面，以及每家每户窗台或阳台上盛开的鲜花，把小镇装点得雍容华贵。听着街道石板路上“踢踢踏踏”的马蹄声，人恍惚间进入了几百年前中世纪的梦境……

我独自坐在街头白色的长椅上，环顾四周，想象着著名的卡罗维发利电影节的壮观与奢华；悉数着六百多年来，来过温泉小镇疗养和游历的名人：彼得大帝、歌德、普希金、席勒、肖邦、贝多芬……

东欧的小镇中，我更喜欢那个囊括了世界文化和自然双重遗产头衔的克鲁姆洛夫，她被人们视为世界上最美丽的小镇之一，被称为“CK 小镇”。

我是遥望着蓝天下那一片橙红和粉色的屋顶走近小镇的。站在镇口古老的纳普拉什蒂桥上俯瞰 CK 小镇，我感到惊诧和震撼。这个地处捷克波希米亚南部地区的小镇，清闲、宁静，处处流淌着浓郁的波希米亚风情，渗透着中世纪遗留的隽美。起伏的街巷，宽宽窄窄地伸展着，无论走到哪个方向，都能轻易地看到矗立在悬崖高处的彩绘塔。伏尔塔瓦河呈弯弯的马蹄形状，柔和地将小镇环抱，河岸上伫立着多种色彩的古老建筑。在克鲁姆洛夫，游人可以沿着伏尔塔瓦河岸或者某条巷子自由自在地随意散步，不用特意寻找某个景点。

克鲁姆洛夫有着悠久的历史与传说。早在公元前就有人类在克鲁姆洛夫这片土地上居住。17 世纪以后，这里出现了规模宏大的城堡建筑群。如今的小镇，全面“修旧如旧”，保持着中世纪古镇的面貌，成为当今欧洲中世纪遗留古城的杰出典范。

克鲁姆洛夫城堡，是小镇最为迷人的地方。城堡建在河边陡峭的山崖上。中世纪时期，这个古堡曾是克鲁姆洛夫公爵居住的地方。据说，现在城堡内还保存着一个完好的巴洛克式的小剧场，收藏了大量欧洲中世纪的绘画作品。那个清晨，我独自跨过镇上的小石桥，穿过几座门洞，沿着坡道上至彩绘塔下的平台。阳光下，不大的克鲁姆洛夫小镇，被曲线优美的伏尔塔瓦河环绕着。小镇白墙红瓦的各式建筑，掩映在绿树丛中，倒映在静静的河面上，静谧而优雅。

陆止于此，海始于斯

罗卡角是葡萄牙辛特拉山地一个毗邻大西洋的海角，地处欧亚大陆最西端。这里地势开阔，丘陵起伏，远远望见山崖上那座红顶白墙的灯塔，仿佛一下子闻到了海的气息。

海边的荒野上，大片青草中夹杂着不知名的黄色花朵，几条蜿蜒的小路铺满碎石，弯弯曲曲地伸向陡峭的岸边。大海浩瀚无垠，连着天际；岸边悬崖高耸，惊涛拍岸。这里海洋性气候复杂多变，蓝天白云与倾盆大雨的交替、狂风呼啸与浓雾弥漫的变幻，让人领略着大自然不可抗拒的神力。走向海边的悬崖，罗卡角的右侧有几间黑瓦白墙的平房，那里是当地社区开办的专为游人办理到此一游纪念证书的地方；左侧一排黄墙平房，则是销售旅游纪念品的商店及供游人小憩的咖啡屋。

来到罗卡角，游人往往会沉浸在置身于欧洲大陆最西端这个气魄宏大的地理概念的美妙感觉之中。我竭力搜寻此刻内心的感受，也忙着摄影摄像，留下游览欧洲天涯海角的痕迹。罗卡角最吸引人的地方，当然是那座孤立高耸的天主教十字架了。十字架底座由一块块岩石垒砌而成，总体大约有十五米高。朝向大海的一面，底座镶嵌着一块约两米高的白色石碑，上面镌刻着葡萄牙诗人路易斯·卡洛斯用葡萄牙文写下的著名诗句：“陆止于此，海始于斯。”

“陆止于此，海始于斯”这一名句，出自诗人描述达伽马东航印度的史诗著作《卢济塔尼亚人之歌》，我早有耳闻。站在罗卡角，我凝视着海边一块块礁石，用心感受着陆地尽头、海洋源头如诗般的壮丽与美好。

置身悬崖峭壁，面前的大西洋连着天边，无比广阔；而脚下的土地，已经没有回旋的地方。值得人们思考和敬仰的是，“陆止于此，海始于斯”不仅是一个地理概念，更蕴含着一种信念与精神。这个大陆“结束”的地方，在葡萄牙人的眼里，却是真正前行的“开始”。传说，当年达伽马正是从这里出发，绕过好望角，到达了印度；此后，麦哲伦也是从这里出发，成功环绕地球。16 世纪前后，这个欧洲南部伊比利亚半岛上的小国，曾引领了席卷欧洲的“大航海时代”和世界“地理大发现”，葡萄牙正是以这个“开始”为支点，成为一个迅速崛起的海洋大国，直至今日，依然保持着强盛的海运力量。

站在罗卡角，遥望大西洋，人有一种贴近天边的感觉。罗卡角是大洋沿岸的一片荒野峭壁，不繁华，也谈不上多么美丽，但全世界的游人却都热衷于推荐罗卡角为“最值得去的五十个地方”之一。也许，正是“陆止于此，海始于斯”这句经典诗句的魅力与影响，使罗卡角成了人们热情向往的地方。

辛特拉小城印象

很早就听说过辛特拉，我到达葡萄牙的当天下午，便首先来到了这里。

辛特拉位于葡萄牙首都里斯本西北，小城依偎在辛特拉山的怀抱里。远远望去，哥特式、摩尔式、巴洛克式以及文艺复兴时期的各式建筑，成“之”字形，从上到下，顺着山势铺开，高高低低地散落在山崖的绿色树丛中。

漫步辛特拉的街道，综观各式建筑，处处凸显着富贵典雅的色彩，这里很早就有着欧洲浪漫主义建筑中心的美誉。星罗棋布的皇家庄园和城堡，还有许多其他古老建筑，大部分都饱含着时代风格，凸显着古典的美。

小城周边山峦起伏，绿色环绕。站在高处，放眼可以望见远方海天相接的朦胧，令人心旷神怡。相传，英国诗人拜伦早年曾把辛特拉喻为伊甸园。据说，当年联合国教科文组织将它列为世界遗产的时候，专门为它创立了“风景文化类”的新类别。

置身不同的位置，可以看到辛特拉不同的景象。如果想纵览全景，山腰是最好的地方。小城的中间层级，伫立着辛特拉最具代表性的景点——辛特拉宫。辛特拉宫建于公元 14 世纪，是约翰一世在这里建造的夏天行宫。这座建筑不算很大，但在小城，它显得很雄伟。它位于山城的中央，也很令人瞩目。辛特拉宫融合了多种建筑风格，经多次维修扩建，成了现在的样子，被誉为国家宫。这一片土地清静优雅，一直是名门贵族游览度假的地方。辛特拉宫前，是一片开阔的广场，广场的右侧连着街道，以及供游人向上行走的阶梯；左侧和正面的石条栏杆外，山体垂直落下，都是陡峭的断崖。

站在广场上远眺，辛特拉山山头绿成一片。绿树丛中，蜿蜒着几段低矮的城墙，那高高低低的故垒，被绿色植被与青苔包裹，渗透着遥远的气息；破落的遗址，凸显出荒凉与破败之美。眼前的山腰上，是一片片葱茏茂密的树林，一座座橙色、白色的建筑，精巧别致，在阳光照射下，给人以强烈的视觉冲击。走近广场正面的断崖边，凭栏俯瞰，脚下的小城顺着山势绵延走远，最低处是造型各异的别墅群，绿树掩映着红瓦，一直延伸到很远的地方。

沿着蜿蜒的山路向上行走，几条狭窄的石子小路纵横相连。在一些路口，只要走上几步山路或走下几道台阶，便可以去往小城的各个地方。小路边的民宅，大多造型简约，但很典雅，有的还开成了沿街的餐馆和出售旅游纪念品的小店。依山的街道不长，小店也不多，这里没有商业的铜臭气，几家小店更像是崎岖山路上街景的点缀。

行走在辛特拉，能感受到一种浓郁的地域风情。坦率地说，辛特拉没有什么亮点，这里也没有什么特别值得纪念的人与事。可就是这种自然的地理环境，成就了辛特拉特殊的美。这种美，是一种扯不断的历史的流连，是一种由内向外散发的气息。

辛特拉的环境安静而悠闲。临近山腰的街边，随处可见打开的遮阳伞，红一片、白一片、花一片。伞下，摆放着一圈圈、一排排白色或红色的小桌椅。人们安静地坐在露天咖啡吧里，也有人晒着太阳。从世界各地来这里休闲度假的人很多，但是听不到嘈杂的声音。随便找个地方坐下来，喝上一杯啤酒或咖啡，店家亲切的笑容以及礼貌的服务，都让客人感到幸福与感激。阳光在身边流淌，心能随之安静沉迷。只有偶尔穿过街市的观光小火车“叮当”的回响，还有行人脚踏石板的脚步声，会把人从梦境带到现实中来。

坐在山腰的一片阳伞下，目睹眼前微风轻拂树梢的轻柔，我突然感觉到，这座颇富欧洲浪漫主义色彩的小小山城，就像是一张巨大的画卷，铺展在一片斜坡的大地上。所有的山林与建筑，都是画卷上的风景，行人漫步在画卷中，融入了画中的闲情逸致。

悬崖峭壁有人家

没来西班牙的时候，就听说过龙达。

龙达是西班牙南部的一个小镇，镇子虽小，却因这里特殊的地理位置和优雅的生活环境闻名于世。深深的埃尔塔霍峡谷，将小镇分割为紧密相邻的两个城区，堪称大自然的鬼斧神工。

初夏的午后，我沿着龙达新城的道路去往老城。虽说是新城，但从街头教堂的古旧程度来看，小镇的存在应该有些年头了。教堂不远处，有一座白墙围绕的院子，院子的门前，有两座黑色斗牛士的雕像，这是西班牙最古老的斗牛场。西班牙斗牛竞技闻名世界，现今的斗牛方式就是在龙达斗牛场诞生的。如今，这里已经成为斗牛士们朝圣的地方。

走近埃尔塔霍峡谷，眼前的景象令人惊叹不已：万丈深渊，犹如刀砍斧削。对面临崖的青山之巅，高高低低耸立着一幢幢白色小屋，龙达老城伫立在万丈悬崖之上。环顾身旁新城的各式建筑，也紧围着悬崖铺开……站在悬崖边，人有着一种置身梦幻中的恍惚。

面对崖边，我听着一段古老的传说，像翻阅着她的历史。三千多年前，几个旅行者顺着河道来到埃尔塔霍峡谷，雄奇的地势让他们激动不已。几个人艰难地爬上七百多米高的峭壁，发现这里视野广阔，水源丰沛，便决定在此安营扎寨。第一座白色的房子在悬崖峭壁上建成以后，峡谷边便陆续出现了民宅。多年之后，一间间客栈，还有剧院、教堂、街道遍布山坡，最终形成一座繁荣的小镇。耸立在悬崖边的古堡酒店，于1761年完工，这座建筑历经沧桑，却完整地保留至今。它是小镇的荣耀和骄傲，也是来龙达旅行不可错过的观光胜地。

龙达质朴而宁静。有人说，小镇就像一座即将落幕而又永远不会落幕的舞台。

在我看来，这种浑然天成的壮丽，在世界上其他任何地方都不可能被复制，留给游人的，只有无穷的赞叹和无尽的回味。

峭壁之上的努埃博桥横跨大峡谷。这座修建于1735年的石拱桥，短小厚重，将新老城区恰到好处地衔接起来，且过渡得自然得体。当地的朋友告诉我，石拱桥是连接龙达城镇的一道靓丽风景。小镇的大部分景点都留在老城，住宿与购物则以新城为主。入夜后的新城，灯火璀璨；而老城，只有昏暗的街灯映着石板的小路。

面朝老街，站在桥头，左边的幽谷，被大山紧紧围裹，阻断了。而右边的深渊，则向前延伸几百米，渐渐敞开，通往九霄云外。凭栏向下俯瞰，悬崖垂直断裂开来，裂缝被绿色的青苔裹着，深一道，浅一道。粗壮的山筋，像国画家笔下干枯的墨迹，遒劲壮美。桥上设有几个低矮的石凳，石凳的靠背是粗粗的钢筋铸成的外抛型网罩。我顺着网罩伸头俯视山涧的景色，视觉的冲击使人头晕目眩。桥下的景色充满诱惑，让人无法抗拒。

环顾四周，空谷幽鸣。蓝天白屋花满地，龙达给人一种惊心动魄的壮美之感，又充溢着一种诱人的风情。美丽、浪漫、壮观、神秘、典雅……用各种词汇来形容这个地方，似乎都很合适。想起海明威作品中的一句话："如果你想要去西班牙度蜜月或者跟人私奔，龙达是最适合的地方，整个城市目之所及都是浪漫的风景。"

一辆马车，从老城区深深的街巷朝着努埃博桥行驶过来。马蹄不紧不慢地敲打着路面，"踢踢、踏踏"的声响格外清脆，像小镇午后弹奏着的迷人的背景音乐。

一个人的城市空间

到西班牙旅行的人，一般都会前往充满艺术气息和浓郁文化氛围的城市巴塞罗那，而来巴塞罗那的游人，大多都会去参观高迪的建筑。“高迪空间”绝对是巴塞罗那的招牌，这座城市所有最负盛名的建筑物，几乎都出自高迪一人之手。一座著名城市的空间，集中展示一个人的建筑艺术，这在世界上是绝无仅有的事情。

巴塞罗那加西亚大道旁，矗立着建筑史上的珍宝“巴特略之家”。我买了票，缓步进入室内，犹如来到一座艺术的宫殿：椭圆的门窗、没有棱角的屋顶与火炉，宽阔的会客厅里一扇扇大大的彩色玻璃窗如同波浪起伏，优雅的弧线连接着每一个墙面，四周浑圆而饱满。沿着精致的扶梯拾级而上，在每一层的转弯处，都可以见到由深浅不一的蓝色瓷砖拼凑出的如同深海的天井。置身屋顶，铺满彩色瓷砖的立面及其整体设计更是令人称奇，它以传说中的圣乔治和恶龙的故事为背景造型，彩釉的波状鳞片如恶龙背部，烟囱上的十字架仿佛刺在龙脊上，房子外观以受难者的骨架为窗饰，留给人童话般的想象空间。

同样在加西亚大道上，离巴特略之家不远，是占地一万一千平方米的神奇建筑“米拉之家”，它是高迪实践自然主义理念最成熟的一件作品。当年，佩雷·米拉是巴塞罗那的一位富翁，他和妻子参观了巴特略公寓后羡慕不已，找到红极一时的青年建筑师高迪，请他为自己设计建造一座公寓。工程热火朝天地展开了，米拉却从未见过设计方案与工程图纸，急得团团转，而高迪却胸有成竹地想象着，如何将身后群山的轮廓与眼前海浪的造型完美地结合在米拉之家的建筑中。米拉之家的整个建筑用乳白原色石材为基调，全部结构从里到外，既无棱也无角，展现出令人难以置信的空间流动感。波浪起伏的外形，配以精致的铸铁阳台，不仅大气，而且给人一种视觉美感的冲击。该建筑设计了两座天井，每个房间能双面采光，各个空间可相互串联。楼顶的水塔和烟囱都被塑造成从天而降的一个个外星人。由于整栋建筑没有直线连接，屋顶重量全靠弧拱支撑，大胆而前卫的设计令人叹为观止。高迪的个性色彩完全寄托在大自然的美感之上，这种特点在米拉之家的建设中得到了充分展现。

穿过一间间独具个性的建筑空间，踏上极具艺术气息的楼梯，我领悟了什么是建筑艺术的美。安东尼·高迪 1852 年 6 月出生，二十六岁毕业于巴塞罗那一所建筑学校。他认为，一切灵感均来源于自然和幻想，“大自然已为人们创造出最美丽的造型”。他追求建筑的精神力量和纯粹形式，作品大多采用充满生命力的曲线与有机形态的物件来构成，视角脱俗，构思超凡，被人们称作史上最前卫、最疯狂的建筑艺术家。19 世纪下半叶的西班牙，艺术领域无序而开放，这为高迪建筑设计理念的发展创造了条件。我相信，天才是时代的产物。

由好友古埃尔出资、高迪设计建筑的古埃尔公园，是高迪留给西班牙和全世界的建筑艺术杰作。在古埃尔公园里，高迪将自然美感与生活艺术十分完美地融合在一起。有人说，即使他不曾建造其他任何建筑，单单这座公园就足以令其名垂青史了。公园门口有两间小屋，拱形屋顶饰以波浪形陶瓷片，螺旋形塔楼与十字架侧立屋顶之上，俨然童话故事里的糖果屋。宽阔的阶梯连接多彩多样的艺术造型，给人不同层面的愉悦观感。公园整体设计巧妙地利用了山头，小桥、道路配以蘑菇、七彩大蜥蜴等童话角色造型，错落有致地分布在高低起伏的地形上。兼作广场的剧场是一片开阔的平台，周边百米长石椅镶嵌着色彩斑斓的彩色瓷片，蜿蜒曲折，形成一个个天然的包厢，好像漂荡流动着似的，构成诗一般的意境。我久久地坐在石椅上，感受着艺术的美好。不远处，三座长长的拱廊，完全以石块自然组合呈现，原始感与厚重感在这里交错辉映。大师匠心独运，使得整座公园像一个童话世界，又像一件在大地展示着的巨型艺术作品，让我流连忘返。

令我印象最深的还是圣家族大教堂。它是世界建筑史上的奇迹，也是巴塞罗那的骄傲。这座 1882 年开始兴建的大教堂，至今仍未完工，其耗费的时间与金钱世上罕见。圣家族大教堂是高迪最伟大的作品，也是他投入精力最多的建筑。他把一生中的四十三年都贡献在这里，1925 年之后，他卷起铺盖居住在教堂的工地上，全心全意研究教堂的结构设计，直至去世。高迪用他的天才和执着，塑造了这座城市的生命。按照高迪的设计，圣家族大教堂共有十八座高塔，每一座高塔的顶端都刻有文字，造型惊人的复杂、美丽。教堂分作三个立面，分别是诞生立面、复活立面与光荣立面。教堂总体设计融合了自然景观，外墙雕刻了各种传说与动植物形象。为把《圣经》故事人物描绘得真实可信，高迪还煞费苦心地去寻找合适的真人做模特。大殿内则完全仿造森林设计，根根立柱优雅自如地伸展，华美异常，结构气势惊人，恢宏一片。无论外部的雕塑还是内部的结构，这座建筑都不同于传统意义上的教堂，人们越是走近它，就越是为它惊叹。

漫步在教堂周边，我见到几个戴着黄色安全帽的工人站立在脚手架上，专心打磨着雕像，抬起头，能看到教堂高高的塔顶正在施工，三座高耸的塔吊吊臂正在忙碌地运行中……已经建设了一个世纪的圣家族大教堂，不知何时才能宣告完工。圣家族大教堂的建造过程，本身就是一个传奇故事。

高迪是一位充满幻想的浪漫主义建筑家，是一位独具个性的建筑天才。他极具技术理性，对形态与材质有惊人的掌控力。他忠于自己卓越的头脑，终生都沉浸在童话世界里。1926 年 6 月 7 日下午，在巴塞罗那街头，有一位老人被电车撞倒，有人认出面前这位衣衫褴褛的老人，竟是著名的建筑大师高迪！在高迪去世后九十年的时间里，天天都有来自世界各地的游人，走进他的艺术世界，欣赏他的建筑作品。高迪一生完成了许多建筑作品，其中大多数作品都被联合国教科文组织评定为世界优秀文化遗产，而像圣家族大教堂这样尚未完工就被认定为世界文化遗产的建筑，在世界上还是独一无二的。

走进高迪的建筑空间，一种别样的艺术享受，令人终生难忘。我在认识高迪的同时，也记住了他的名言："直线属于人类，曲线属于上帝。"

哈尔斯塔特，世界最美的湖畔小镇

哈尔斯塔特位于阿尔卑斯山东部，是奥地利著名盐湖地区萨尔茨卡默古特的一个小镇。尽管小镇以其风光旖旎闻名于世，而当我踏进小镇时，整个心还是止不住为它的美艳而痴迷。我能用依山傍水概括小镇的地理特征，但却找不出任何词句来描绘它如画的湖光山色。

我来哈尔斯塔特时正值盛夏时节，天上淅淅沥沥地飘着小雨，一缕缕白云悬挂在半空，大地被笼罩在淡淡的迷蒙中。这个湖畔小镇，以哥特式屋顶的古老教堂为中心，四周分布着依山而建色彩斑斓的住宅、庭院以及花团锦簇的露天咖啡馆。浓荫茂密的山坡上，深绿浅翠。一栋栋、一间间造型各异的楼亭、民宿，外墙涂抹着紫红、浅绿、淡黄等色彩，或是砖砌或是木制，自由自在地组合在一起，沿着山体铺就下来。大大小小、高高低低的建筑混合在一起，各种房屋的颜色掩映在山体的绿树丛中，错落有致，杂而不乱。特别是每家每户窗前或阳台上摆放的鲜花，充满生机，格外引人注目。几个山涧，汩汩泉水顺流而下，给宁静的小镇平添了几分生气。

哈尔斯塔特现今仅有九百多名居民，而每年由世界各地来小镇观光的游客却达八十多万。游人称之为世界最美的湖畔小镇，不仅因为这里风光迷人，还由于她悠久的历史和丰富的文化。小镇广场附近的世界文化遗产博物馆，也许是世界上最小的博物馆。这里藏有当地几千年来各个历史时期的文物遗迹，包括从原来的盐矿挖掘出的衣服及采盐工具、铁器时代的生活用具以及最早的船体模型等，极其珍贵。由于小镇空间有限，所有在这里逝去的人，骸骨埋葬若干年后，都被移出坟墓，头骨上标记死者的姓名和生卒年月后，绘上装饰纹样，便放到山上洞穴中的骸骨馆，作为永久纪念。这种做法从 1600 年就已经开始了。如今“骸骨教堂”已经成为世界闻名的旅游景点。还有，小镇后山，一个距今已有近九百年历史的盐洞，也是游人热衷参观的“采矿世界”。

山脚的一些民居前，有简单的旅游纪念品出售，各家门面的装饰争奇斗艳，像是特地为小镇景观而点缀。隔着一条窄窄的小路，便是哈尔斯塔特湖。高山峡谷中的湖水，像一面宽阔的丝绸，飘落在两座大山的怀抱中。凭栏湖边，湖面清澈如镜，丝丝白云、两岸青山、多彩民居和教堂纤细的尖顶倒映在湖水中，美不胜收。置身这里，人容易忘了时间的流逝，只有偶尔穿过的小型汽艇，在湖面牵起层层涟漪，才会将人从一帘幽梦中唤醒过来。

天上，飘洒着间歇的小雨，滋润着哈尔斯塔特的湖光山色。

沿着莱茵河行走

很早就听说过莱茵河，这条河的名字留给人美丽幽静的印象。多年后，当我凭栏莱茵河畔，望着对岸层层铺开的重峦叠嶂的时候，竟有着一种穿越时空的幻觉。

同样让人流连忘返的，还有科布伦茨的德意志之角，这里是我第一次亲近莱茵河的地方。德意志之角是莱茵河谷里一片半岛形状的陆地，连片的绿色草坪和高大乔木装点着河岸。摩泽尔河在这里汇入莱茵河，河水翻滚着细细的浪花，围着陆地轻轻流淌。德意志之角像是打开的一本书，写着德国近代的历史，书中的主人公便是面对莱茵河的那座威廉一世的雕像。十五米高的褐色青铜雕像矗立在二十多米高的方形基座上，苍穹青蓝，白云缭绕，凸显出威廉一世的威严。他身着将军服，外披长大衣，右手握剑，迎风昂首骑在骏马之上。身旁的随从一只手牵着骏马，另一只手托着行装和主人的皇冠。莱茵河留住了远去的历史，使得今天德意志之角的氛围如此厚重。

告别德意志之角，我乘车去往莱茵河畔的吕德斯海姆小镇。吕德斯海姆距离科布伦茨六十多千米，路不宽，但平坦，令人兴奋的是这条公路一直沿着莱茵河边前行，让人有机会一路饱览莱茵河的景观。

秋天的莱茵河很美。河岸两边秋叶高高低低红成一片，有些金黄的树叶还未飘落下来，夹杂在常绿乔木之间，成了林间的点缀，煞是好看。河的对岸，常常可以看到造型各异的城堡和一些老式建筑，或倚在山腰，或立在山头，浅灰、深褐、土黄，定睛细看，那些建筑虽有些年头了，但往日的风采依稀可见，仍然散发着独特的韵味。对岸山间，一列火车缓缓穿行在绿色树林之中，车厢时隐时现，给宁静的河岸增添了勃勃的生气。

莱茵河是西欧第一大河，发源于瑞士境内的阿尔卑斯山，流经列支敦士登、奥地利、法国、德国和荷兰，在鹿特丹附近注入北海。面前的莱茵河，正是德国境内水流充沛、草木丰腴的河段。一段段河岸用石块堆砌得整整齐齐，绵延数里。河面上，满载着煤炭、原油等物资的驳船，穿梭来往，不时还可以看到一艘艘小型汽艇驰过水面。莱茵河不仅是一条繁忙的航运水道，它还通过一系列运河与其他大河相连接，在西欧构成了四通八达的国际水运网。

我们的汽车不时地穿过莱茵河畔的一个个小村庄。差不多模样的民居小楼，一栋连着一栋排列在公路的两边。每座房屋的阳台上，几乎都摆放着红色的或紫色的鲜花，却见不到一个人影。整洁的环境，空旷的世界，让人觉得行走在画中一般，无意间心中会涌起莫名的惆怅和遐想。

吕德斯海姆静静地依偎在莱茵河畔，它是进入莱茵河谷的门户，独特的地理位置和优雅的环境，使小镇有“莱茵河明珠”之称。吕德斯海姆的历史悠久，据说古罗马时代已经存在。小镇地势微微起伏，网格状的道路四通八达，各式餐厅、酒吧、冰激凌摊铺、艺术品商行、乐器博物馆、旅游纪念品商店以及当地食品作坊、精致的小旅店等各式各样商铺，遍布街边。众多的街道中，德洛塞尔小巷最负盛名，因小巷的名字难以记住，许多中国游客就以巷口标识上的画眉鸟为由头，将小巷冠名为“画眉鸟小巷”。

来到吕德斯海姆的人，没有不来逛画眉鸟小巷的，据说现在世界各地来此游览的客人每年有三百多万。从莱茵河边进入小巷，便可径直去往小镇深处。巷内狭窄，周边布满了古旧的欧式建筑。临街两边的建筑间距一般为二三米，最宽处也不足五米。这些建筑都很小巧，尖尖的屋顶下，外形结构与模样各不相同。一间间中小规模的酒吧、餐馆，或深藏于小屋的灯盏下，或排列在路边低矮的木栏边，还有的被安置在庭院爬满青藤的支架前，木桶里种植的鲜花，石臼内翻腾的水波，墙板上悬挂的旧乐器，都成了餐桌边的风景。吕德斯海姆盛产葡萄，这里有“酒乡”之称。一家家酒吧虽小，但却处处宾客盈门。当地自产的白葡萄酒非常著名，深受游客的喜爱。在小巷内的任何一个地方坐下来，喝上两杯，把心融入时光，沉浸在一种说不清的快乐里，成了游人所向往的。

皇家啤酒屋的昨日今朝

离开慕尼黑市中心繁华的玛利亚广场，沿着中央大街往前走，不一会儿，就能看到道路右边转角处有一座挂有“HB”招牌的三层楼房。这座白色建筑的外形极其普通，只有屋顶耸立的山墙上，曲直相间的金色线条勾勒出的欧式建筑造型凸显着一种古典高贵的韵味，这就是著名的皇家啤酒屋。

步入室内，一股热烈而温馨的气息扑面而来，屋内场面很大，宾客云集，热闹非凡。室内装饰虽简朴却独具特色。椭圆的屋顶结合着橘瓣凹陷的设计，沿着门廊，鲜艳的彩画描绘着自然景观与各种果实的图案，彰显着生活的富贵色彩。一盏盏陈旧的吊灯，从屋顶高高垂挂下来，给宽敞的大厅增添了古朴的气氛和华丽的情调。门厅左侧的墙面上，“HB”啤酒的标志格外醒目，仿佛在提醒来往的人们，记住这里是慕尼黑皇家啤酒的发源地。对着大门，一条窄窄的通道，把酒屋分成左右两个部分，几道彩色拱门将一排排木制长条桌及其两边的长凳分割成为几个宽大的区域。通道的左边，有一个约二十平方米大小、高出地面一米左右的演讲台，低矮的木栏围绕周边，台上十来个人正分别拉着手风琴、吹着小号长号等各式铜管乐器、打着架子鼓，兴致勃勃地演奏着巴伐利亚的民谣。至高潮处，全场宾客便纷纷合着乐曲的节奏，一起击掌或放声高歌，吼声震耳。穿着洁白衬衫、系着黑色领结的服务生，身着巴伐利亚民族服装的女招待，以及手举着面包圈叫卖的女青年，在人群中来回穿梭……

能同时容纳一千余人的啤酒屋，早已座无虚席，大门口进来的客人还是源源不断。此时，在啤酒屋里找个座位还真不容易。

我兜了一大圈，好不容易挤在人缝里坐了下来。服务生送上啤酒，我便端着酒杯，站起来，穿过拥挤的人群，来到乐台边上看演奏。我喜欢音乐，也喜爱那些叫不出名但有些熟悉的乐曲，更盼着近距离感受一下这种热烈的氛围。

皇家啤酒屋是个有故事的地方，人们来到这里不光是为了把酒欢歌或消磨时光，很多人也期盼在这里坐一坐，回味历史，感受梦中的时光。这里最初是巴伐利亚威廉五世为酿造宫廷啤酒而建的啤酒作坊，也是巴伐利亚啤酒文化的发源地之一，至今已经有四百多年的历史。随着宫廷啤酒的声誉四起和生产发展需要，啤酒作坊早已迁至别处，原址则发展成众人欢聚的啤酒屋。

环顾啤酒屋的四周，我发现这座华丽的老厂房，所有的空间都保存着往日的记忆，讲述着曾经的故事。从前的德国，啤酒酿造技术并不固定，配方也未完全成熟。1516 年德国威廉四世颁布啤酒制造过程的规定，也称“纯啤酒法”，规定啤酒只能用麦芽、啤酒花及饮用水酿造。在技术不断规范的基础上，1589 年 9 月，德国皇室在巴伐利亚州的慕尼黑建造了一座皇家御用的啤酒厂，并命名为皇家啤酒，简称“HB”。“H”代表德国皇家，“B”代表啤酒，HB 啤酒由此诞生。直到现在，德国啤酒的酿造仍旧遵循着这项古老法令的规定。

皇家啤酒屋是德国现存最古老、最著名的酒吧之一，它也是这座城市的一个文化坐标和历史见证。它之所以在世界上闻名遐迩，不仅因为这里的啤酒源于宫廷皇室的传承，更在于它几百年来逐步形成和沉淀的文化特色。皇家啤酒屋早年是专供皇室享用和逍遥的地方，历史时光为这里铺垫了浪漫与典雅的格调。古往今来几百年，这里也曾是世界名人、政客、艺术家们聚会或休闲的场所。巴伐利亚女公爵茜茜公主、德国作家和思想家歌德、俄国十月革命的领袖列宁等人都曾是皇家啤酒屋的座上宾。奥地利著名作曲家莫扎特早年曾应邀来慕尼黑进行音乐创作，那时候，他常常在皇家啤酒屋饮酒欢歌，寻觅、积累创作激情与灵感。1780 年，他在浓浓的酒意中完成了人生第一部歌剧《伊多梅尼奥》的创作，次年上演引起轰动，获得极大成功，奠定了他在音乐领域的杰出地位。希特勒也曾经活跃在皇家啤酒屋，用他那沙哑的声音宣传自己的政治主张。1923 年 11 月 8 日，希特勒在皇家啤酒屋劫持了巴伐利亚领导人，他登上演讲台，高呼“人民革命”，同时发表《25 点纲领》。虽然这次短暂的行动以失败告终，希特勒也因此入狱，但是“啤酒屋暴动”在当时的社会中产生了重大影响，希特勒也由此登上政治舞台。“二战”期间，古老的皇家啤酒屋曾被战火摧毁。1958 年，慕尼黑庆祝建城八百周年时，政府决定在原址按原样恢复重建皇家啤酒屋，并对社会开放。

来自世界各地的客人，无论达官显贵还是普通游客，都会把皇家啤酒屋作为了解慕尼黑历史文化的一个平台，来这个号称世界上最大的啤酒屋里坐一坐，喝上一杯。受皇家啤酒及其啤酒屋的名声影响，慕尼黑渐渐发展成“啤酒之都”。如今，全市六大主要啤酒厂每年总计生产的啤酒高达五亿八千万公升。当地啤酒种类众多，许多啤酒屋在不同的季节会推出不同口味的啤酒。皇家啤酒屋的

“HB”啤酒最为有名，一公升一杯的大容量，让客人非常过瘾；尤其是清凉的黑啤，喝一口，满嘴留有麦香味。皇家啤酒屋的配菜也极具特色，尽是迎合着啤酒的浪漫与豪放色彩，各式烤鸡、德国猪脚以及慕尼黑著名的白香肠都广受客人欢迎。这里上菜的盘子大，量也足，比如一只猪脚——准确地说应是一只猪肘子，加上两团土豆泥，一般客人一顿是享用不完的。

据说，每到盛夏时节，啤酒屋的热闹场面更为壮观，常常人满为患，拥挤不堪。当然，啤酒也始终是和足球结合在一起的，德国足球发展的历史，在皇家啤酒屋留有激越的回声和深深的印迹。现在，每当世界有重大足球赛事，球迷们便会蜂拥而至，皇家啤酒屋便自然而然地成为世界球迷的聚集点，喜欢足球和啤酒的人，在这里能享受无与伦比的激情与欢乐。

阿姆斯特丹的河流

喜爱一座城，是因为眷念一条河。一座城市有了水，便有了灵性的光芒。

阿姆斯特丹的质感，是一百多条运河、一千多座桥梁环绕的大街小巷赋予的。纵横的河道，交错出层层蛛网，成了这座城市的缩影。

一条条运河，似涌动的脉搏，凸显着“北方威尼斯”的风采。阿姆斯特丹的每个角落，都弥漫着湿漉漉的柔情。

自行车一辆接着一辆，在河畔盛开的郁金香之间穿梭。三层四层的小楼，屋顶造型离奇，门面狭窄，沿着一条条河岸排成两行。干瘦的小楼、干瘦的门框、干瘦的窗格，被蔚蓝、纯白、深绿和大红精心描绘。小楼肩并着肩，充满骨感。望一眼，精致、美丽，如同版画一般。

怪异的店面，诡谲的灯光，在暮色中的河面流淌。老城区的河边，酒绿灯红，散落着古老的呢喃。没有人知道，暧昧的梦境在时光里能走多远；不知道风车、木鞋和花卉的传奇，是不是运河童话般的爱恋。

古朴的教堂那头，来了一艘游船。游船穿过一座座桥梁，越来越近，仿佛穿越着城市变迁的历史。在河边流连忘返的身影，大多是异乡的游子。谁也想不起，上个千年之初，从一个水坝开始，拓展这片沼泽地的木舟，今在何方……

河面铺满了五颜六色的光影，这是一个容易让人迷失方向的时刻。用风情万种形容阿姆斯特丹的日夜交替，只是一种内心的感慨。而它的美好，则需要珍藏——珍藏水面上，那些来不及凝固的一个个瞬间。

漫步在“小孩堤防”风车村

我乘坐的大巴离开鹿特丹后，往东行驶了大约十五千米，便到了荷兰南荷兰省的一个叫“小孩堤防”的村庄。

红瓦白窗棂的民居错落有致，三三两两地点缀在开阔的原野上。村庄的一边，莱克河与诺德河的中间，有一片狭长的绿野，河水缓缓流淌，与绿地平行伸向远方。河畔，一块块鲜黄的油菜花深处，矗立着一栋栋古旧的小木屋和一座座架在旧式碾坊基座上的高大风车，微风轻拂，风车十字形棕黑的叶片微微转动……眼前的景色，淡雅秀美，宛如中世纪童话的世界。

荷兰是欧洲一个“与海争地”的国家，很多土地是靠围海填造得来的。由于一些地方的地势低于海平面，大片土地常常被水淹没，堤防就成为家园的堡垒。在这里，我见识了两百多年前，为了保证日常生活，荷兰人借助风力原理，推动转轮引水，将低洼地里的水排往堤防外面，力求家园地表不被水淹的陈迹。小孩堤防内的十九座风车，都建于 1740 年前后，是荷兰最大的旧式排水系统。如今，它不仅成了国家风景的典型样板，在很多场合，还成了荷兰的国家形象。1997 年，荷兰小孩堤防风车村被列入联合国教科文组织世界遗产名录。

在小孩堤防风车村，沿着两条河道中间的陆地向前闲逛。眼前，左边河道明显比右面的河道宽阔许多，地势也要高出一两米。矗立于河岸两侧的风车群，沿河一字排开，虽然每座风车之间相隔数十米，但由于风车约有四五层楼高，巨大的叶片长达二十多米，所以一眼望去好像相距并不太远，极为壮观。走近风车细看，粗壮的根基内部住着风车管理人员，狭小的空间藏有牵引车叶轴心、巨大的石磨，还有工具室和生活居住的空间。

这里原本是一个普通的风车村，而一个孩子的传说，赋予了这个地方美丽的意境和鲜活的灵性。和很多来这里参观游览的客人一样，我听到小孩堤防风车村这个名字，心中有一种期待了解的欲望，不自觉地会将堤防、风车与小孩联系在一起，认定这里是一个有故事的地方。

面对悠悠转动的风车，我听着关于小孩堤防这个名字来历的传说，眼前出现了一幅幅画面。荷兰有很多低于海平面的地方，需要靠堤防来防止海水倒灌，堤防守护家园的道理，已经成为老少皆知的常识。

一天傍晚，有个年幼的孩子在外玩耍，经过村里的堤防回家。无意间，他发现堤防上有个小洞，而且还有细细的水流从洞中渗出。他担心这个渗水的小洞会引起堤防崩塌，就将自己的小手紧紧地握成拳头，塞进那个洞里堵住渗水，久久不敢拔出来，直到晚上家人来这里才找到他……村里的人深受感动，小孩堤防的故事到处流传，渐渐成为这个地方的代名词。

天色很蓝，白云倒映在荡漾的河水里。几个戴着头盔的青年男女，骑着自行车从我的身边经过。他们在河道两边铺满青草和鲜花的中间陆地上渐渐远去，就像要扑进道路尽头天际飘浮的白云里。

荷兰风车有不同的款式，一些部件由整块大柞木做成，形体美丽，风翼伸展。18 世纪时，荷兰风车盛行，全国的风车约有一万两千座，平均每台动力可达六千匹马力。这些风车用来碾谷物、造纸、榨油以及排除沼泽地的积水。正是这些风车不停地吸水、排水，保障了全国三分之二的土地免遭废弃。荷兰濒临大西洋，一年四季海风不息，给缺乏动力资源的荷兰提供了利用风力的优厚补偿。根据当地湿润多雨、风向多变的气候特点，荷兰人摸索经验，对风车进行了革新。比如，他们给风车配上活动的顶篷，又把风车的顶篷安装在滚轮上，以便能四面迎风。这种改进后的风车，被世人称为荷兰式风车。

路边，一个木台从陆地延伸到水中，木台下河水荡漾着清波，一艘小游船轻轻地在河面上经过。望着河对岸缓缓转动的风车，我的心头感受到一股力量的冲动。在自然社会中，人虽不能胜天，而人的智慧和意志，却能克服任何艰难险阻。

昨日的景象，已经凝结在历史博物馆。在那里，人们可以看到风车用于锯木、榨油料、磨染料以及提水的历史痕迹。还有，还原的木鞋制造、白蜡制造、奶酪和乳制品制作的作坊和一百多年前杂货店的样子，再现了十七十八世纪的荷兰乡间生活。

时代发展了，社会生活状况也在变化。20 世纪以来，由于科学技术的进步，蒸汽机、内燃机还有涡轮机等动力源不断发展，在很多地方，古老的风车曾一度变得暗淡无光。然而，风车能源无消耗、无污染的自然优势，一直为荷兰人民所重视。目前，荷兰大约还保存着近两千座各式各样的风车。荷兰人喜爱曾经陪伴他们生活的风车，在聚会时唱的民歌中，在日常生活的谚语中，在文学艺术的创作中，风车常常得到由衷的赞美。一些地方还保留着风车形状的建筑物。每逢盛大节日，风车屋上围满花环，悬挂起国旗。

小孩堤防风车村，宁静，悠远。浓郁的乡情，犹如浓缩的历史闪现在我的面前。漫步在这里，听着一个个关于风车的传说，仿佛穿越着古老的时光。

峡湾的早晨

去往峡湾的路，沿途都是风景。

正值秋末，路边满山的黄叶，层层叠叠；一些常绿的枝叶，穿插在山坡的金黄之中，像是季节的铺垫。远远的，一列火车，缓缓地行进在山腰上，长长的车厢时隐时现，越过一片又一片秋天的色彩。我知道，那是一条观光铁路。朋友告诉我，这条铁路是世界上最陡峭的铁路之一。它的终点站，一头在高山上，另一头在峡湾旁。尽管全长只有二十千米，一路却都是扣人心弦的峭壁、瀑布和丛林。

我是在黄昏中进入峡湾的。刚拐过路口，一个身材矮胖的警察，伸手将车拦下了。他敬了礼，要求每人出示自己的护照。让我没有想到的是，那警察在交还护照时，还顺手给了我们每人一件礼物——一个塑料制作的圆牌。圆牌不大，但很精致。深红的底板上，金色线条勾勒出一个漫画风格的警察头像，胖胖的微笑的面容，很像他自己，惹得车内一阵欢笑。

这里是松娜峡湾的一头。放眼四周，丰茂的绿色葱茏一片。几座别墅，高高低低地散落在坡上和山间。明镜似的湖水倒映着山林，水面没有一丝的颤动，静得像纸上的画。

酒店不大，简洁而优雅。二层的小楼，下面有一半是过道和餐厅。夜色中，过道的沙发边，亮起淡红的灯光，几张小桌上，摆着杂志和书籍，十分清静。

在挪威，大小峡湾不计其数。挪威的峡湾，形成于遥远的冰川时期。一万多年前，挪威的大部分土地都被冰川覆盖着。冰川移动，在伸向海洋的过程中，它不断侵蚀着周边的山谷岩层，形成了一些很深的U型谷地。冰川退去，海水沿着谷地漫涌进来，原来的冰谷便成了美丽的峡湾。这种狭长、伸入内陆的海湾，宽最多几千米，窄只几百米，但长度却可达几十到数百千米。因此，挪威也被世人称为“峡湾国家”。

淅淅沥沥的小雨，下了一夜。天亮的时候，雨停了。打开窗子，一枝绿叶探头进来，那绿叶干干净净的，绿得发亮。枝上的几点新芽，心蕊带着鹅黄，嫩得好像要滴下水来。吸一口湿润的空气，穿进心窝里，有股淡淡的清香。

走出门来，人顿时感觉到一种说不尽的愉悦和轻快。

小雨过后，早晨的峡湾清风习习。酒店门前的草地上，生长着许多树木，一片片苍绿，一团团焦黄。不远的地方，有一片树林，黄色的、绿色的枝叶交杂着，浑然一体，让人忘了季节。置身深秋的峡湾，人恍若置身仙境一般。

酒店不远处，有一片湖面，是海湾的尽头。湖面不宽，被高高低低的树林包围着。湖的对岸，有一个长满树木的山坡，山坡紧靠着湖水，绿茵茵的一片。船体涂着纯白和枣红的两艘游船，齐头并肩泊在山脚下，仿佛还未醒来。几朵白云，低低地浮在湖面的半空，浮在游船的顶杆上。红色与白色的船体，和着绿色的山林，静静地倒映在水中，美轮美奂，给人一种视觉的冲击和心灵的震撼。

数十双大手 送一只小鸟归巢

夜幕降临的时候，奥斯陆市中心的大街上显得更加繁忙，熙熙攘攘的人群，川流不息。

奥斯陆是一座古城，它背靠巍峨耸立的霍尔门科伦山，面朝奥斯陆湾湛蓝的海水，是北欧地区一片美丽富饶的土地，很多人赞誉它是“上帝的山谷”。像挪威的很多地方一样，奥斯陆城市布局整齐，环境幽雅。这里没有很宽的大道，也没有摩天高楼，街边到处都是一些六七层楼高的欧式建筑，大街小巷处处掩映在绿树丛中，弥漫着浓厚的中世纪色彩。漫步在这样的地方，容易让人忘记时间的流逝。

街心有一座花园。花园的一角，有个斜坡式样的低矮建筑，斜坡周边的阶梯前和园内的石凳边，聚集着数十个当地的男人和女人。有人举着写有文字的小木牌，有人拿着点燃的火把，也有人随意地坐在一边闲聊着什么。这些人在用这样的方式进行抗议或宣示着自己的诉求。花园里游客不多，路边也没有驻足围观的行人，可能这种现象在这里已经司空见惯。在穿梭的人群中，我沿着街边一家又一家灯火通明的店铺随意溜达。

忽然，我发现前方不远处站立着一些人，渐渐地，围上来的人越来越多。凑上前去一看，原来是一位老太太正在追逐一只刚从树上飞落的小鸟。那老太太大约有七十多岁，衣着整洁，短短的波浪般的白发披在脑后，左臂挂着一只精致的小包，一副干净利落的样子。地上的小鸟看上去比麻雀要大很多，我叫不出它的名字。小鸟在地上一步一跳，好像脚趾受了伤，翅膀也无腾飞之力。

路上的行人纷纷停住了脚步，向着小鸟围拢过来，不一会儿，路人围成了一个不大不小的圈。人群阻碍了街边路人的通行，但是，没听到任何人喧哗或抱怨的声音。这儿原本就是一条窄窄的马路，属于汽车的单行道，人们的聚集影响了正常交通。车辆停在了路中央，一辆接着一辆，没有车灯闪烁提示，也没有喇叭鸣响催促。

淡淡的夜幕中，一场生命的拯救正在美丽地上演。随着老太太的脚步，小鸟机灵地在人们围成的圈中奔跑蹦跶。小鸟跳到东边时，没料想，东边的人群一下子全都蹲了下来，不约而同地伸出双手围堵起小鸟。面对这样的情景，我心里一阵激动。还未缓过神来，我看到小鸟已经窜到了西面，令人意外的是，西面的人群此时竟也同样地全都蹲下身子，伸出了双手……那景象，仿佛是一个经过精心策划正在排练着的爱心团体操，只是现场缺了编导的指挥。

老太太终于将小鸟捧在了手心，此时小鸟不再挣扎，仿佛明白自己已经归巢。老太太低头看着小鸟，自言自语说着什么，一副怜悯的样子。人们四处离去，车辆开始恢复通行。

一位路人将自己手中的一个盒子打开，取出刚买的鞋子，将鞋盒递给老太太。老太太望着他会心地一笑，将小鸟放进了鞋盒里。

老太太用双手将鞋盒抱在怀里，就像抱着襁褓中的婴儿缓缓离去，渐渐消失在灯火阑珊的夜色之中。

塞纳河上

世界上有很多城市与江河交织相伴，江河孕育着城市，城市在发展中改造着江河，它们唇齿相依，一起闻名于世……我面前的巴黎与塞纳河，就是如此。

塞纳河是法国的第二大河流，她以一个美丽的弧形，把巴黎这座城市分为南北两个部分，人们通常面向河流入海的方向，把河的北岸称为“右岸”，把南岸称为“左岸”，城市中，许多著名的建筑就分布在塞纳河两岸。人们都说巴黎这座城市很美，巴黎的美，在很大程度上应该归功于在城区缓缓流过的塞纳河。

码头的位置在埃菲尔铁塔对面。登上游船，最引人注目的，是那高高耸立的铁塔的雄姿。望着它，我想起有关埃菲尔铁塔的故事。这座铁塔究竟是一个建筑结构的奇迹，还是爱情的见证，传说很多。也许，正是这些传说赋予了埃菲尔铁塔鲜活的生命。我曾在一个冬天的夜晚，迎着寒风，漫步在铁塔巨大的塔基旁，透过层层令人眼花缭乱的钢梁中折射的辉煌灯火，遥望穿入夜空三百米高的塔顶。不知在那离天堂更近的地方，伟大的钢铁结构师埃菲尔的心，是否像传说那样，让他如愿以偿，接近了离世的妻子……

游船沿着塞纳河缓缓地向着西岱岛航行。船上播放着轻柔的音乐，不时响起的多种语言的解说，加深了游人对塞纳河的了解，以及对这座城市的认识。河的两岸，繁茂的梧桐树的后边，高高低低地排列着一幢幢古色古香的建筑。坐在游船上，感觉塞纳河就像一条绿色的丝带，把巴黎的历史、文化、建筑艺术以及风土人情全都洋洋洒洒地串联在一起，让人尽情地欣赏与品味……在塞纳河上环顾四周，巴黎像是一块多棱角的宝石，随着游船的航行，不断地变换着角度，展现着各种形象组合，游人从不同的位置观赏它，看到的都是别样的风景。

乘船在塞纳河上游览，一座座桥梁迎面而来，令人目不暇接。塞纳河穿过巴黎城区，蜿蜒十余千米，巴黎城区的南北之间，全靠一座座桥梁相连接。这些桥梁造型各异，桥梁的围栏边雕刻着各式装饰图案，成为令人瞩目的风景线。几百年来，塞纳河上先后建起了三十六座桥梁，最悠久的桥梁当属新桥。名曰新桥，它却有着四百多年的历史，是塞纳河上最古老的桥梁之一。新桥的桥身共有十二个拱，排列在桥拱之上的一个个壮士雕像，有的翘首远望，有的凝神沉思，还有的怒目圆睁，仿佛一个个都在诉说风风雨雨的历史境遇，凸显着独具特色的人文景观。塞纳河上最壮观的桥，要数亚历山大三世桥了。这座桥历经四年的建造，于 1900 年巴黎世界博览会前竣工。大桥上钢结构桥拱压得很低，以优美的弧线将香榭丽舍大街与河另一边的巴黎荣军院广场连接起来。这座雍容华贵的大桥，是俄国沙皇尼古拉二世作为亲善的礼物赠给法国的，并以尼古拉二世的父亲亚历山大三世的名字命名。塞纳河上，许多桥梁都有着自己的故事，有的故事还与河畔某个建筑或文人墨客的行踪联系在一起，被世人口口相传……在这里，桥与河可谓珠联璧合、相得益彰。游船每穿过一座桥孔，都会让满船的游客发出阵阵赞叹。

游船驶近巴黎圣母院。由于水面明显低于地面，站在游船上，无法目睹巴黎圣母院正面门厅的墙上各式精美的历史人物与历史故事的浮雕，只能看到这座庄严的哥特式建筑的侧面。对大多数中国人来说，了解巴黎圣母院是始于雨果的一本书，还有之后的一部同名电影。在那里，人们认识了吉卜赛姑娘埃丝米拉达，也记住了敲钟人卡西莫多。我曾在这座建筑结构严谨、气势恢宏的殿堂前久久伫立，聆听它数百年来衰落与重生的述说，感受它风雨沧桑的历史韵味；我也曾和众多的游客一起，缓缓步入亮着柔和灯光的殿堂，仔细观望墙上一幅幅精美的图画，轻轻抚摸一根根高耸的柱梁，然后，在一排椅子的尽头悄悄坐下，在宁静的环境氛围中，默默感受文学大师维克多・雨果笔下的种种神秘……

船上坐着一对从美国来巴黎观光的华裔老夫妇，闲谈中，他们得知我来自上海，便自豪地告诉我，几年前他们曾到过上海，还乘船游览了黄浦江。同塞纳河一样，黄浦江两岸荟萃了上海城市景观的精华，一座座古典式、文艺复兴式、中西糅合式建筑组成的建筑群，在我的心中早已形成了一条气势非凡的天际线。想起黄浦江，自然会联想到苏州河。这条上海的母亲河，见证着这座城市近代民族工业发展的曲折历程。一个夏天的晚上，我曾乘船游览苏州河，一路穿过近十座桥梁，经过长风生态商务区、华东政法学院、上海造币厂大楼、上海邮政博物馆……每到一处，船上都会播放景点介绍，为游客述说一段这里曾经的故事。河上的桥梁多姿多彩，沿途建筑装点的灯光也很漂亮，折射在河面上，波光粼粼……令人遗憾的是，经过多次整治的苏州河，游览的人还是很少。

塞纳河中的西岱岛，是法兰西民族的发祥地。公元 508 年，法兰克人科洛维在巴黎建立墨洛温王朝时，西岱岛曾经是封建时代王权和宗教的中心。四百多年以后，卡佩王朝将巴黎定为法兰西首都，促进了城市的繁荣。1789 年 7 月 14 日，巴黎人民摧毁了巴士底狱，爆发了资产阶级革命。从那以后，巴黎的城市建设和商业经济不断得到发展。拿破仑兴建凯旋门、修建卢浮宫、疏浚塞纳河，并在河的两岸建起大批古典式宫殿和楼房。1889 年，为纪念法国大革命一百周年，迎接世博会，巴黎又修建了举世闻名的埃菲尔铁塔。巴黎城市的建设，一直围绕在塞纳河的两岸，塞纳河见证着巴黎的每一步发展。

游船驶抵西岱岛后调头返回，游客从不同的角度再次观赏塞纳河两岸的旖旎风光。市政厅、巴黎大法院、法国议会大厦、巴黎圣母院、卢浮宫、埃菲尔铁塔又一次先后出现在人们的眼前，游人如同穿行在变幻的时空隧道里，用相机记录着游览塞纳河的每一个瞬间。我曾经目睹伦敦泰晤士河上的多姿，也领略过新加坡河周边的繁荣与风采，但是总觉得塞纳河是独特的。它是那么神秘且富于浪漫的气息。海明威曾经说过："如果你够幸运，在年轻的时候待过巴黎，那么巴黎将永远跟着你，因为巴黎是一席流动的筵席。"我想，海明威笔下"流动的筵席"一定是包括了塞纳河的。在这里，河水与两岸的景色相互辉映，留在人们的记忆中，成为永恒。

第三辑

复活节岛，地球上最孤独的地方

与原生态一样美丽的女人

库亚巴西南是巴西著名的沼泽地带，开阔的原野上，灌木丛生，绿树遍野，远远望去幽深一片。

我们去往森林旅馆。汽车钻进树林，在崎岖的土路上颠簸。偶见前方一道小河沟，竟发现河沟上仅铺了几块木板。车摇晃着开上去，人哆哆嗦嗦，心惊胆战。过了河沟，没走出半里路，车又停了。还没搞清原因，只见司机小伙和副驾驶座上的女人几乎同时打开了两边车门，下车去往车头。我站起身来，透过车前的挡风玻璃一看，吓了一跳：那个壮小伙和那个瘦女人，一人一头，拎起了一条足有两米长的灰色大蟒蛇！那条蛇好像很有些分量，壮小伙双手紧紧抓住蛇的颈部，往后挺着腰。那女人向前倾斜着身子，趺趺撞撞地挪动步子。他们将蛇轻轻地放在路边的草丛中，然后直起身子，拍了拍手，返回车里，继续前行，仿佛一切都不曾发生过。

绿野深处，有一条小河，河的一边乔木成林，繁茂的枝叶深绿浅翠。河的另一边，几根低矮的木桩沿河而立，细长的圆木横在木桩上，一根接着一根，搭建起简易的围栏。一座一百平方米大小的木台，一半伸进水中，一半搭在岸上，几级石阶将它与岸边的高坡连接起来。两排红瓦平房，掩映在绿树丛中，房前屋后开满鲜花。房前不远处，一个圆形的游泳池涌着一波碧水，坐落在绿草丛中，这就是当地的森林旅馆。

旅馆的老板娘，就是在途中抓蛇的女人。她年纪约六十多岁，身材瘦长，一头棕色短发，配上浅灰碎花连衣长裙，显得健康而矍铄。她言语不多，端正的脸颊上，两只凹陷的眼睛，总是似笑非笑地眯成一条缝。眼角浅浅的鱼尾纹，微微地现出一种佳人迟暮的样子。

森林旅馆设施比较简陋。但是由于这一地带旅馆稀少，游人较多，所以生意不错。老板娘精明强干，出色地调度着一切事务。她早起晚睡，察言观色，房前屋后、里里外外的一点一滴，都瞒不过她的眼睛。鸟儿的叫声传来，老板娘就知道它们是不是饿了。

入住森林旅馆，我喜欢早起。独自漫步在树林和小河边，感受原生态美好的宁静，让我感觉心旷神怡。每天清晨，我都会看到老板娘手捧一碗面包片，静静地坐在河边的一棵大树下，“喔——喔——”地几声呼唤，林中的鸟儿就会从四面八方飞来。麻雀、黄雀、红头燕以及其他一些叫不出名字的鸟儿，欢快地围在她脚下，叽叽喳喳，跳来蹦去，戏谑追逐。老妇人则毫无表情地低着头，一副若无其事的样子，双手撕着面包，把面包屑撒在地上让鸟儿吃，像对待孩子一样亲切自然。

更令人惊奇的是，每天上午，老板娘总忘不了给河中的鳄鱼喂食。老板娘把厨房不用的牛杂碎收集起来，用刀切成小块儿，装在一只大铝盆里。她双手端起铝盆，把它夹在右边的腰间，走下石阶，来到一半伸进河中的木台上。“谗——故，谗——故”，她伸头朝河心轻轻一唤，趴在岸边或沉在水下的鳄鱼都会睁开惺忪的眼睛，缓缓地向木台游过来，仿佛知道到了开饭的时间。十多条大小鳄鱼挤在一起，有的索性爬上了木台下边斜着支撑的长条木架上。老板娘不慌不忙地抓起一块块牛杂碎，分别丢进鳄鱼的口中，有时也朝着不同的方向扔过去，引起水中鳄鱼一阵阵哄抢。

森林旅馆是个孤立而封闭的小环境，游泳和晒太阳仿佛是这里的主要活动内容，住久了，人会觉得有些单调和枯燥。老板娘是个非常细心的人，她把引导客人游览当地的自然风光作为旅馆服务的内容，每隔几天，就会抽空领着住店的客人，免费乘坐她的小船，到小河的上游去观光游览。

我坐船逆水而上，是在一个晚霞未落的傍晚。

万绿丛中，一条不算宽阔的水道弯弯曲曲伸向前方。绿莹莹的水面，平镜似的放着光，船边鱼儿不时地跃出水面，掠起一片片细细的水花，一切显得那样恬静而温柔。

小船不大，载客限定十个人，老板娘坐在船尾，稳稳地操纵着。她通过同船的华侨朋友告诉大家，这条小河表面静谧，可水下却游弋着大群的“食人鱼”。她说着，顺手把一只鱼钩丢进河里，话音刚落，一条小鱼已经上钩：瘪瘪的嘴，锯齿一般锋利的牙，一副凶狠的样子。据说，这种鱼儿攻击性极强，当地的居民早已摸透了它们的习性，自然有一套对付它们的办法。有一次，一位村民赶着一群牛过河，为了绕开凶狠的食人鱼，便找来一匹受伤的老马，扔进了河的下游，食人鱼蜂拥而至，围住老马争先恐后地吞噬着。而此时在上游，牛群正在悄悄地稳步过河……

傍晚的西天缀满艳丽的晚霞，河面被寂静笼罩着，除了船尾发动机“嗡嗡”的轻微声响外，周围没有其他任何声音。绿色的山，绿色的树，全都倒映在绿色的水中，形成一条幽邃的绿色长廊。

回程途中，天色已经不知不觉地暗淡下来，四野开始凝聚起一片灰蒙蒙的雾气。小船经过的岸边，不知名的野兽探着头蹿来蹿去，野猴在枝上跳跃翻腾。一片片树林渐渐模糊发暗，一只只白鸥起起落落，变成了丛林墨绿底色上的一个个亮点，远远望去分外美丽。

微微的晚风，轻拂着老板娘的短发。苍茫的暮色中，她越发显得温文尔雅，与周围原始生态的景色一样迷人。

不敢正面看天书

乘坐小型飞机去秘鲁南部的纳斯卡荒原，是为了见证传说中的地画，俯瞰脚下干涸的土地上展示的奇迹。

我是怀揣着梦境来的。那梦境是一则美丽的传说：南半球冬日的那一年，一年中白昼最短的那一天，夕阳打开了荒原上铺展的天书——有人在飞机上发现：地面有无数的线条，夕阳落下的位置正好处于一幅图案长线条的尾端！随着考古的发现，南美地画像一部天书，不断地给人布下谜团：一片片绵延几千米的线条，在大地上构成鱼类、藻类、蜘蛛、树木、猴子的样子，甚至拉出几何图形……数以百计的单个图案，由简单的线条组成，也有一些以复杂排列的图案出现。

天书是诱人的。我曾下定决心不坐小飞机，即使再精彩的诱惑也不上去。因为多年前在巴西草原上的观光飞行，我晕机的窘境，成了心里挥之不去的阴影。可是，当我走近纳斯卡荒原的时候，什么窘境全都忘了。毕竟，面对的是一部震惊世界的天书啊！

飞机很小，像只大鸟，低低地在英吉尼奥至纳斯卡的荒原上空盘旋。

在广袤的沙漠上，在相邻的山坡上，断断续续可以看到数百米长的笔直线条，就像机场的跑道，另有一些线条柔和地勾勒出巨大的动物形体。凭着想象，那些图案变得扑朔迷离：长长的细腰蜘蛛，大大的蜂鸟，百余米长的卷尾猴，巨型的蜥蜴和兀鹫，还有一个大大的蜡烛台……

南美纳斯卡高原是地球上最干燥的地区之一，这里几乎没有强风和雨水，寸草不生。高原如此贫瘠，与世隔绝，为纳斯卡线条保留至今提供了条件。

两位飞行员，一左一右地坐在我的前方。他们手握飞机的操纵杆，眼睛不停地向机舱外的地面观望。满目是金黄的沙丘，飞机随着荒野上下起伏。哪里发现有地画图案，机身便迅速下降，同时倾斜地侧向一边。

飞行员兴致勃勃地讲解着眼前地面图案的故事，而我在飞机的起伏与侧倾中，早已头晕目眩。浑身上下的衣服都被冷汗浸透了。弯曲的手肘关节，往下滴着汗水。我想起翻阅过的一份资料。地画的发现，引起科学考古的热潮。一波又一波的科考队踏进这片沙漠。20 世纪 80 年代，一支意大利考古队在秘鲁南部纳斯卡线条所处的地层里，发现了大量的陶器。这些陶器上，能隐隐约约地看出，许多瓶瓶罐罐上装饰有动物图案。让人惊奇的是，这些图案，在荒漠上，又以更大的规模重复出现了。科学家由此认定，纳斯卡线条出现的年代，与陶器的年代是非常接近的。人们测出了陶器的年代，从而也就间接得出纳斯卡线条的形成年代，是公元前 200 年到公元 300 年。

只有从高空俯瞰，才能看清的占地五百多平方千米的巨作，究竟是谁创造了它们？为了什么而创造？如此壮丽的画卷，是怎样完成的？这谜题，至今无人能确切解答。

后排坐着同行的友人，见我面色惨白的样子，便安慰道："都晕机呢。你把眼睛闭一会儿吧，我的摄像机全程在拍摄，回去可以看。"

我回到宾馆，与友人观看他的录像。镜头里抖动的，尽是穿着鞋子的大脚、飞机的座椅或地毯图案的虚幻光影，还有黑乎乎的辨别不清的东西。

"你的镜头里，也是一本天书啊！"我无奈地笑着。

马丘比丘，消失在安第斯山中的古城

从古老的印加帝国的都城库斯科出发，我们乘坐装有透明天窗的仿古列车，穿行在美丽的崇山峻岭之中。身着艳丽古典服装的男女青年，推着小车，恭敬地行走在车厢里，给客人铺上彩色桌布，端来现磨的咖啡，送上精美的甜点。

离开阿瓜斯凯伦特火车站，我来到山顶的悬崖边。云雾缭绕的安第斯山脉，群峰起伏。一道道山谷，恢宏而深远。

山谷中，一座巨石般的山坡，高高地隆起背脊，一条小河环绕在其周边。整个山坡，清晰地残留着一座小城的身影。我曾面对画报，感叹马丘比丘的美轮美奂，而身临其境时，人仿佛进入了远古的梦境。久久凝望安第斯山中被遗弃的古城，我的心被深深地震撼着。我有些恍惚，不知从哪里开始接近它才好。

山坡上，层层梯田由低到高，渐渐向城区围拢。一片片残垣，围着大大小小的宫阙神殿、庙宇、公园、作坊和民居，约有二百多处建筑。山坡上，起起伏伏的石梯，连接着城市的各个角落，大量的水池和石头制成的沟渠，分散在各种建筑的周围。在这里，与太阳崇拜有关的建筑也随处可见。我的对面，一座小山矗立在古城的背后。那山的轮廓，仿佛是这片土地的倚靠。古城高地的一边，垂直的峭壁直下六百米，落入日夜奔流的乌鲁班巴河，成了古城一道靓丽的风景。

我顺着古城遗址残留的街道，漫无目的地行走。轻拂墙边的石砖，惊奇地发现这是一座石垒的城市。每一处建筑，都是由分散的石块垒砌，石块与石块之间，大小结构严丝合缝，连灰浆都不曾使用。修成的墙壁完全靠精确地切割堆砌完成，石块间的缝隙还不到一毫米宽。在那个荒蛮的时代，如何能达到如此的工艺水平，是一个谜。环顾四周，甚至看不到可以采集石料的地方。那些巨石，古印加人从哪里、用什么方法搬运而来？在崎岖的山脊上，把巨石运上山巅，几乎没有可能！可惜的是印加人没有文字，整个城市没有留下任何描述的文字。即便这样的沉默，马丘比丘依旧神奇美丽，让人不忍离去。我想起智利著名诗人聂鲁达的旷世长诗《马丘比丘之巅》，这座古城遗址在他的笔下那样鲜活。他写道：

我看见石砌的古老建筑物镶嵌在青翠的安第斯高峰之间
激流自风雨侵蚀了几百年的城堡奔腾下泻……

作为一座古城，马丘比丘被人遗弃得太久太久。

19 世纪初，一位美国考古学家走进了秘鲁境内的安第斯山脉。他在距印加古都库斯科城一百二十千米、海拔两千四百米的群山之间，发现了这片神秘的城郭。此时，古城在时光里已经安然沉睡了四百年，没有人认识它的模样，谁也不知道强大的印加帝国为什么要在崇山峻岭中修建这样一座空中城堡。没有人能叫出古城的名字，人们只能借用附近一座大山的名字呼唤它——马丘比丘。

站在峡谷的悬崖上，我赞叹大山把自己的名字赋予了古城。遥望山间的废墟，我敬仰高耸的岩石托举着那些残垣断壁。空中的城市，已随时光老去了；而它活着的灵魂，却成了世界的传奇。

复活节岛，
地球上最孤独的地方

我从智利首都圣地亚哥出发，向西飞行五个小时，飞机降落在南太平洋东部复活节岛上的马塔维里国际机场。

烈日照射着机场一侧两间低矮的茅草屋。这个世界上最简陋、最别致的候机厅里，被表达好客之情的太阳花环装点着。

我站在太平洋中央，在心里把刚刚走完的三千六百千米路程与通往这座海岛唯一的航线联系在一起，细细体会着身处世外桃源的感觉。

蓝天很高，纯洁得透亮。

岛上的土著波利尼西亚人伸出双手说，这里是地球的肚脐，欢迎客人来到世界的中心。我愣住了。我怎么也想象不出，这里有一个地球的“肚脐”。

太平洋边，一块块大大小小的礁石，垒砌起一个七八平方米的圆圈，大约有半人高。圆圈的中央摆放着一块圆形的大石头。我专门去了那里，一个很朴实的地方，日日听着惊涛拍岸的喧嚣。此后的日子里，我渐渐明白了，当地土著人的意念其实没有错：如果从高空鸟瞰地球，浩瀚的太平洋上的复活节岛，确实像地球小小的“肚

脐”一样夺目靓丽。

复活节岛地处浩瀚的大洋之中，与世隔绝，是地球上最孤独的岛屿。岛上人烟稀少，被人称为全世界最神秘的地方。这座面积仅有一百六十三平方千米的三角形海岛，三座火山雄踞岛上三个角的顶端。岛上东北部高，西南部平缓，残留着多座火山丘。

复活节岛以摩艾石像而驰名于世，岛上矗立的六百多尊巨人石像，带给人们许多谜团，成为这座岛屿独特的风景。岛上的石像，有的单处，有的聚集；有的面朝大海，表情冷漠、神态威严；有的背对大海，昂首远视、若有所思。石像或卧于荒坡，或倒在海边，或立于大地，还有的石像被放置在名叫“阿胡”的石头台子上。石像一般高六到十米，重三十到九十吨。石像大小不一，但都是由整块的暗红色火成岩雕成。远远望去，这些石像就像一队队准备出征的武士，蔚为壮观。

在山腰、在路旁、在海滩，我曾一次又一次打量着神态各异的石像。在临近海边一处宽广的平地上，有十余尊石像排成一行，背朝大海，整齐地站立在高高的平台上，有尊石像还戴着重达十吨的红色石帽。所有的石像都没有腿，全部是半身像，外形大同小异，但面部表情却非常丰富。狭长的额头，深凹的眼窝，高挺的鼻梁下有翘起的嘴唇，面部两边垂着一对长耳。人物形象构思奇巧而传神。

置身复活节岛，望着一尊尊矗立的摩艾石像，很想了解，石像是何时、由什么人雕的？我听到的回答五花八门，没有人能说得清楚。传说早在 17 世纪，一位航海家发现这座岛屿时，没有人迹。他面对荒野中许多巨大的石像，曾发出过“这是悲惨与奇怪的土地”的叹息。

至于巨大而沉重的石像，究竟是怎样搬运到海边来的？有人告诉我，是用绳索把躺在地上的石像拖拽到类似雪橇的平板上，在路上铺好茅草芦苇，再用人拉、用棍撬，一点一点移动前进。也有人说，美国研究团队认为，石像是可以依靠自身的摇晃，用左右轮换的方式“走”到海边来的。在海岛的东南部采石场，还有许多未雕完的石像，最高的一尊高二十二米，重约四百多吨。当地人说，运走这些石像，必须靠火山喷发的力量。

复活节岛给我的另一种震撼，是周边美丽如画的海面。太平洋上空的白云，一团团很低很低地飘在水面上。起伏的海水，蓝得诱人，在阳光的照射下闪着点点金光。在白云和海水之间，一艘艘帆船，远远近近地漂着，给人一种说不出的悠远与美好。

上岛的第三天，我发现暴露在阳光下的两只手臂上长出了许多黄豆或芝麻粒大小的水泡。开始时，感觉有些微微的疼；之后，皮肤的疼痛随着水泡的长大而明显起来，过了两天，水泡便开始干瘪，白花花的皮屑布满了手臂。我知道，这是复活节岛上的阳光，赐予我的礼物。

第四辑

在喜马拉雅山下数星星

情系南迦巴瓦

越野车沿着狭长的山腰小路，驶向雅鲁藏布大峡谷。

傍晚时分，在索松村头的一棵老树下，藏族驾驶员停下车，把手一挥：“到了，我们就住这儿！”

停车的地方边上有一道泥土垒砌的围墙，围墙的尽头有一扇黑漆铁门，我走近细看才发现，陈旧的门框边斑驳地残留着几个字：大峡谷索松客栈。

我们推开铁门，走进客栈小院，眼前的景象让人心情豁然开朗。迎面是一座大山，云雾掩遮着山体的上半部分，显露的山体下半部分雄浑壮丽，让人联想到整座大山的巍峨景象。客栈的院子有一片绿草地，约有三个篮球场大小，一座一人高的藏式白色香炉矗立在草地中央。小院道路的左边是一栋三层小楼，淡黄的外墙腰横两道朱红，墙上描绘着藏家喜爱的各种金色图案。经幡从楼顶斜拉下来，欢快地随风飘舞。小楼转角处的餐厅玻璃明亮，里面宽敞整洁。草地的右边有一排平房，几棵大树伴随在房前屋后。

客栈的老板名叫次仁，是一位三十多岁的藏族小伙子，圆圆的脸黑里透红，总是眯着眼睛，一副笑颜。见来了客人，次仁急忙迎上前来。不知是摸透了客人的心思，还是以客栈地理位置为傲，他径直引着我们走向大山，来到客栈草地的尽头。

这时我才发现，草地与大山之间竟然就是深深的雅鲁藏布大峡谷！这是一幅多么壮丽的景象啊。顺着脚下断崖往下看，在那深深的谷底，奔腾的江水像脱缰的野马，咆哮着，轰鸣着，江水拐弯处涌起一堆堆洁白的浪花，让人望而生畏。峡谷那面的大山山头和山脚云飞雾绕，半山腰没有云遮的地方，构成山体的浅褐、深灰的巨石，一块块、一堆堆杂乱地接合着，给人一种伸手可及的错觉。

次仁微笑着告诉大家，面前的这座大山叫南迦巴瓦峰，曾被媒体评为中国最美的雪山。他如数家珍般地说开了："南迦巴瓦峰也叫木卓巴尔山，山顶那个巨大的三角形峰体终年都有积雪，云雾缭绕，不轻易露面，所以大家也称它为'羞女峰'。"他说，在藏语中，"南迦巴瓦"有多种解释，比如"雷电如火燃烧"，比如"直刺天空的长矛"或者"天上掉下来的石头"。

多么熟悉的名字啊，南迦巴瓦。五年前，我曾来过雅鲁藏布大峡谷，在景观道上一站站追逐雅鲁藏布江的美丽与传奇。那年，我是从千里之外专程奔着雅鲁藏布大峡谷来的，听到了一个又一个南迦巴瓦峰的故事与传说。为了记录"西藏众山之父"的英姿，我曾在景观平台上竖起三脚架，相机对着羞女峰的方向，足足守候了两个多小时，可除了时隐时现的山腰外，始终未见峰顶露面。我也曾乘坐观光车，去往景区道路的最深处，然后顺着山脚直白村的乡间小路，一步步走近大山脚下。记得那条小路的尽头，是一片树林，近山坡的地方，散落着几处藏式民居。一块四米多高的巨石，上面分别用藏文和汉字刻着"南迦巴瓦峰，7782 米"的红色大字。我与那石碑合了影，从此将南迦巴瓦记在心头。今天，我怀着深入大峡谷江边腹地的希冀前来，竟意外地扑在了南迦巴瓦的怀中，真是个巨大惊喜。

晚霞温柔地辉映着雅鲁藏布大峡谷，微风轻拂着。就在大家的等待与期盼中，山顶的云雾开始一点点浮动起来。不知不觉间，那羞涩的女子渐渐拉开了轻纱，只留少许云丝雾带，向我们露出了面影。南迦巴瓦峰的模样渐渐清晰起来，大峡谷里一片欢腾。人人都端起相机、举起手机忙着摄影。有人拍风景，也有人举起自拍杆与雪山合影，还有人忙着用手机录像，镜头一会儿向上对着巍峨的雪峰，一会儿朝下对着奔腾的江水，还声嘶力竭地快速做着解说。大家意犹未尽，羞女峰已拉起了面纱，重新隐去。

次仁喜滋滋地对大家说："南迦巴瓦是十人九不见的。现在这里雨季已经来临，你们进门就如愿，真该祝贺你们。扎西德勒！"

大家兴奋不已。这个夜晚，我们尝到了藏家的石锅鸡，进藏后第一次喝起了青稞酒，兴高采烈地谈着对羞女峰的观感，传看照片，还有人趁着酒兴跳起了藏族"锅庄"，大有不醉不归的架势。餐桌上，次仁又给我们讲了许多南迦巴瓦的传说。他告诉我们，居住在峡谷地区的人们对这座陡峭险峻的山峰怀有无比尊崇和敬畏。

大家酒兴正浓，餐厅来了一位佝偻的老人。老人步履虽艰难，但精神矍铄，目光炯炯。次仁将老人迎进内屋，让到靠近铁炉的小桌前，端上一杯酥油茶，又递上两块青稞饼。次仁告诉我们，老人今年九十四岁，是索松村里的聋哑孤老。十多年前，次仁的父母将老人接来家中生活，父母去世后，他和妻子卓玛接过了赡养老人的任务。次仁说："老人平时不言不语，总是静静地守望着南迦巴瓦，每次见到雪山峰顶露面，他都会默默地往香炉里上香祈福。"

次日下午，我们从大峡谷游览归来，又聚集在客栈草地的尽头，情不自禁地仰望起南迦巴瓦峰。大家七嘴八舌地议论着，说这次我们沿着川藏线自驾是一次完美的旅行。还有人提议晚上在峡谷边点燃篝火，用最浪漫的方式守候南迦巴瓦峰头的那一轮明月。

正是黄昏时分，晴朗的天空格外明亮。淡淡的云雾缭绕着南迦巴瓦峰头。在我看来，云遮雾罩是雪山一种独特装扮，但任何时刻，羞女峰都是美丽的。不知道南迦巴瓦峰是不是被我们的虔诚感动，它竟羞答答地再次出现在我们面前。相比昨天，峰顶的形态更加清晰，色彩也更加明快。大家受宠若惊，纷纷举起相机和手机“咔嚓、咔嚓”地拍摄起来，好像怎么拍也拍不够似的。

第三天清晨，为了赶林芝飞往成都的航班，我起了个大早。天色阴沉沉的，还淅淅沥沥地下着小雨。临上车之前，我情不自禁地回头望了一眼南迦巴瓦峰。谁知，这一望竟让我激动得说不出话来——灰暗的天空中，厚厚的乌云遮挡着南迦巴瓦的山腰，而峰顶锥形的山脊，却清晰地屹立在那里，仿佛在等候着我的目光，让人感到格外亲近！我真的不敢想象：在这个阴沉沉的细雨纷飞的清晨，羞女峰怎么可能出现？

你是在为我送行吗？

我伫立在雨中，凝望着南迦巴瓦峰，浮想联翩。

在挥别雪山的那一刻，我默默地把虔诚的祈祷留在了这片离天最近的土地上。

在地球最深的峡谷

进藏第一天，夜宿芒康的一家民宿。

四周勾着藏式花边的小楼，空间高高的，三层，没有电梯。站在楼梯口，昏暗的灯光下，面对沉重的行李箱，心里有些发怵。

客栈的主人，一个三十多岁的帅小伙，中等身材，性情豪爽。他见状赶过来，二话不说，拎起我 28 寸的大箱子，向楼上走去。我跟在后边，感受着他缓慢的步子里的沉重。

刚走了几步，冷不防一条大黄狗猛地从背后冲上来，着实吓了我一跳。我从小就怕狗，面对这样的情景，赶忙停下脚步，缩在一边。

令人意想不到的是，那狗冲上来便立刻俯下身，斜着脑袋，贴着楼梯的地板，将头伸进主人拎着的箱子下边。它拱起腰背，用头，使劲将箱子向上顶，两条后腿，叉得很开，还不时地调整着位置和角度，四肢都在颤抖。这突如其来的一幕令人感动。主人一边用力拖箱子上楼梯，一边回头，大声吆喝："黄黄，走开！"而那条狗却像什么也没听见似的，一个劲地昂起头，顶着箱底，直至三楼。

我一路跟着，激动着，目瞪口呆。

进入房间，主人向我介绍房间的设施。黄黄喘着粗气，摇着尾巴，骄傲地在屋子里来回跑着。有时，它高高地仰起头，望着主人，仿佛在等待主人的夸奖。

我当时只知道感动，竟忘了用相机拍下那美妙的瞬间，后来想起心里一直感到遗憾。

与黑黑相识，是在云遮雾罩的雅鲁藏布大峡谷。

一条依山的小路边，树木掩映着几间高高低低的平房，这就是索松村。虽说这里是一个村庄，但是我来了两天，却没见着一个人影。周围异常宁静，让人听得见自己的心跳。

我徜徉在梦一样的山水中。偶然发现，有一条狗不知什么时候来到了我的身边。那狗一身黑毛，脸皮耷拉着，看上去有些年纪了。不过，从它行走、跳跃的敏捷的样子，还能看到它年轻时的强壮矫健。

身边多了一条狗，我心里好像踏实了很多。我看它那一身黑毛，便叫它“黑黑”。而黑黑似乎也理解了我的意思，每次呼唤它，它总是抬起头看着我，像是在回应。

我寂寞地行走在地球最深的大峡谷里。

阳光透过云层和迷雾，洒落在远山、近林之上。黑黑欢快地跟随在我左右。每当我停下脚步拍摄照片的时候，黑黑也停下来，呆呆地望着我，有时则躺在地上打滚，玩着自己的游戏。有一段路，它独自跑进了被密密的木桩围起来的菜地，怎么也钻不出来，它那着急的样子，让人觉得可爱又好笑。钻出木栏之后，它立刻跑到我的身边，尾巴欢快地摇着。

伫立在雅鲁藏布江边，我感受着一种深邃、恢宏与壮美。黑黑站在我的身旁，一会儿望着远方的深谷，一会儿抬起头看着我，仿佛在与我做着无言的交流。我架起相机，对着镜头坐在大江边，想与峡谷留个影，黑黑似乎明白了我的意图，急忙跑过来站在我的身边，相机“咔嚓”一声，成就了我珍贵的纪念。

遥望远方，我久久地被大自然的壮美震撼着，黑黑也一直乖乖地陪伴在我身边。

回到大峡谷索松客栈用午餐，黑黑把我送到客栈的门口，便转身默默离去了。也许，这里不是它的家。午餐剩下了很多肉，我准备下午外出摄影时带给黑黑吃。突然想到菜里有辣椒，便用清水冲洗后再装进一个纸盒里。

遗憾的是，整个下午我在大峡谷里转来转去，始终没有见到黑黑。我只能把纸盒打开，放在村前一棵老树下，不知道后来黑黑吃了没有。

川藏线上

一　木里，原始的惊世美丽

木里，笼罩在余晖中。

我站在巍峨的横断山脉中断处的深处，面对一片高高的山崖，望着蓝天上的白云、山峦起伏的大地、曲折环绕的河流、简陋的山地民居，还有寺庙和僧人，恍如置身梦中。

这个未被现代文明侵染的地方，一切都是那样的干净、淳朴。内心深处一片宁静安详，感觉无比澄明。

远山淡淡的蓝，贴在天边。这片土地弥漫着原始的韵味，还有粗犷的藏族风情。虔诚的力量在时空里徜徉，处处能感受到木里的活力。

在周围最高的山头上，耸立着木里大寺。

山路盘旋，紧贴着峭壁与悬崖，一直延伸到山顶。一片金色的灿烂，与夕阳辉映着。大寺脚下残缺的旧址，寂静端庄，让人肃然起敬。

怀着敬畏，我一步步踏上修葺一新的大寺的台阶，无心再去追寻木里的旧迹，而是一心祝福木里永远宁静美丽。

二　惊心动魄的沉默

层峦叠嶂、森林茂密的大西南，蕴藏着一种原始的美。蜿蜒崎岖的山路，是诱惑的掌心。在那个午后，黄昏还在西边徜徉的时候，为了省却川藏公路几百里的路程，我们驶入了一条地图上没有标注的十千米长的小路。

脚下不是路，如同车身一般宽窄，堆积着大大小小的乱石。透过车窗向外望，车身左边紧贴着张牙舞爪的山体，右边是深不可测的深渊。悬崖的对面，垂直耸立着望不到顶、见不到边的巍峨大山！

没有退路。再高明的司机，也不可能在这狭窄、崎岖的路上倒车。每前进一步，司机便下车绕着车头掂量一番，然后又弯下身子，往车下看。乱石当道，无法步行，人只能坐在车上，随车颠簸起伏，左右摇晃。

日头已经落下去了，暮色苍茫，寂静笼罩着大山深谷。

这里没有其他车辆来往，也见不到行人，心里有一种隐隐的无助与绝望。

沉默，在这里演绎着惊心动魄的心跳。

三　最后的香格里拉

仙乃日雪山、央迈勇雪山和夏诺多吉雪山，洁白神圣，呈品字形壮丽地排列着。辽阔的高山、草甸，连绵起伏。五彩斑斓的森林，深绿浅翠。湛蓝通透的海子[1]，如同绚丽的宝石，镶嵌在雪山草地之间，璀璨夺目。

[1] 海子——方言，湖泊。

这是未被开垦的处女地。

雪域高原最美的一切几乎都汇聚在这里，凝成了“香格里拉之魂”。四川甘孜一个叫亚丁的村子，被誉为“蓝色星球上的最后一片净土”。

抚摸一块块镌刻着山名的石碑，仰望蓝天下一座座直指苍穹、冰清玉洁的雪山，我的心融进了自然。在央迈勇雪山脚下宽阔的峡谷间，森林、草地、溪流亲密地融合在一起，那是无法形容的仙境。

望着远处虔诚转山的藏民，我想起美国探险家约瑟夫·洛克在日记中写的：“这是我见到的世界上最美的山峰。如此祥和宁静的美景，不正是香格里拉所在的仙境吗？”

四　荡气回肠的盘旋

怒江山的胸膛上，铺展着世界公路最危险的路段之一——怒江七十二拐！

褐色的山体上，一段段道路从上到下层层叠叠、细细长长地伸着，形成很多“之”字，折叠再折叠，每个折叠的发卡弯，给人总也走不出去的感觉。西藏八宿境内的这一段路，成了考验驾驶员车技与意志的天路。

这里是川藏线的一段。川藏公路沿着怒江山的峭壁盘旋，从平缓的怒江河谷，一路攀登至高高耸起的业拉山口。从山口再下到峡谷，仅十余千米路程，海拔落差却有一千五百多米。每一米落差，都伴随着急促的掉头。

这里不是景点，然而车到山前，游人都会下车驻足遥望，惊叹不已。

走过七十二拐的司机，也说不清怒江天险究竟有多少个拐，只记得，一路都是惊叹。

五　来古冰川的怀里

站在来古村头，我为一种别样的美丽感动。

天空一尘不染，蓝得摄人心魄。简陋的木屋、整齐的柴垛、低矮的木栏、狭窄的村路，还有希望小学……沿冰川自然排开。

来古冰川的最深处，寂静而安详。

巨大的冰川层层叠叠，由山顶绵延至湖边，形成壮观的冰川瀑布。村前的冰湖上，是一大块明镜——厚厚的千年冰层。阳光照耀下，冰川呈现出淡淡的蓝色，光洁、透明，宛如一块块巨型蓝宝石。紧临冰川的藏族小村落，就像是冰川的孩子，依偎在洁白的怀抱里。

来古村，世外桃源里的村落。

在人来人往的来古客栈，我数着屋檐下悬挂的色彩各异的旗帜，一面面旗帜，是各路旅行者抵达这中国最美乡村的见证。

脚踏碎石，轻轻走到冰川的末端，绸缎一样光洁的湖面上，铺展着几块千年不曾消融的浮冰。

这里是世界的尽头吗？我轻声地问自己。

六　多姿多彩尼洋河

初见尼洋河，它在山谷的浅滩上流淌。不知从哪儿开始，它就变成一道激流，在跌宕的河道中奔腾起来，一步步，越来越激烈。

穿过树林，我沿着河道转了个弯，迎面不远处，一块巨石赫然矗立在狭窄的河道中央。那巨石大约五六米高的样子。奔腾的河水，遇到巨石正面阻挡，像脱缰的野马，猛烈拍打起来，撞出大片飞雪，发出“隆隆”轰鸣。巨石在激流的冲击下，岿然不动，完全是中流砥柱的气概。我感受到一种荡气回肠的力量。

尼洋河是百变的。当我再见尼洋河时，几乎不敢相信自己的眼睛。先前暴虐的怒涛已偃旗息鼓，宽广的河面异常恬静内敛，泛着淡淡的碧玉般的柔光，完全看不见波纹。接近与雅鲁藏布江的汇合处，尼洋河成了一大片静止的湖面，只是水色更深沉了一些。

我驱车前往雅鲁藏布大峡谷。村头的斜坡上，几间色彩鲜艳的藏式房屋被红花绿草围绕着，三五农夫荷锄牵牛走过。眼前的一切，悠然而美好，仿佛是专为尼洋河做的又一番装点。

七　遥远的川藏线

崇山峻岭中，浮动着崎岖的茶马古道。隔着世纪交界点，我重晤久别了的川康公路、康藏公路。

路碑上，清晰地标注着318国道的千米数，我默默地记下了行程。

从成都出发，经雅安、康定，由新都桥往南，穿过雅江、理塘、巴塘等几个县，进入西藏自治区芒康、左贡县，在邦达上川藏北线，经八宿、波密前往林芝……

山高坡陡，路途艰险，但人总是行走在画卷之中。连绵的雪山和壮丽的冰川，原始森林和绿色草甸，还有深深的峡谷，奔腾的金沙江、澜沧江、怒江……高原上的风景线，如此壮丽。

“川藏线钢铁汽车团”的车队威武地驶过我的面前。“两山作战功臣连”“全面建设功臣连”“基层建设标兵连”……车窗上方鲜红的横幅，把我的心映得通红。

婺源三月似水墨

车到江岭，天上正下着淅淅沥沥的小雨。

潮湿的车窗上一条条垂直的水流之间，是断断续续的风景，静心细看，那是一种别样的美丽。路边不远的洼地里是盛开的油菜花，从眼前一直黄遍了原野。一队队游人，打着雨伞走在垄上，穿行在花海间。那些五颜六色的雨伞，红一朵、绿一朵、白一朵、花一朵，慢慢地在黄色的花海中流动，格外动人。

三月的江南，烟雨朦胧。眼前的江岭，仿佛集中凸显着江南春色的娇媚。

我站在山坡的高处，透过薄薄的雨雾举目四望。远处几座青山，轻轻地贴在天边。山涧的凹处，白墙黑瓦的农舍，高高低低地伫立着。雨雾稀疏地铺展下来，模糊了油菜花的色彩。近处的小树林，则清晰地展现着绿叶的娇嫩。

喜欢这样的意境，那是一种沁人心脾的美。

不知什么时候开始，眼前变得模糊一片，看不清任何东西。浓浓的雨雾，悄悄地包围过来，把我整个吞没了……

我是从篁岭来到江岭的。想看油菜花，我首先想到的是婺源的篁岭。

三月里，婺源的石耳山脉，黄花铺满山岭。行走在起伏的花田里，黄花吐着清香，蜜蜂轻吻花蕊，人会不由得轻叹：春来了！漫山遍野的黄花，美得迷离。只有置身其间，才能感受到花开的赏心悦目。

婺源的美，不止于花田，篁岭的古村是另一番胜景。

篁岭的村落，建于明代中叶，约有五百多年历史。古村里沉淀着一种极致的悠然。无论民居、官宅，还是祠堂、牌坊，处处可见徽派砖雕、石雕和木雕。一片片民居，围绕着水口，阶梯状错落，以扇形由上而下渐渐排开，有“梯云人家”的美誉。一棵棵古树，千姿百态，立在村头坡下。村里高高低低的空地上，房前屋后，到处都有黄花摇曳的身影。湖南、安徽、江西等地著名的“晒秋”文化，其源头就是眼前的这片山居。

篁岭的天街特色独具。它一头连着遍野的黄花，一头连着村庄的各个角落。除了展示地方工艺品的店铺外，给人印象最深的是“农家宴”。这条横贯东西的小街上，婺源的特色小吃，如蒸汽糕、豆腐脑、霉干菜扣肉烧饼、清明果、臭豆腐等，琳琅满目。我在天街与花海间的民宿住了一晚，梦中的香味，分不清是来自花海还是来自天街……

江岭的春天，一会儿烟云，一会儿小雨，给人暖一阵寒一阵的感觉。

细雨包裹的云雾，在山间移动，一会儿遮了东面的山涧，一会儿又挡了西面的花海。云雾飘到哪里，哪里就像一幅山水画中恰到好处的留白。黄花朦胧的艳丽，衬托着那片空白，说不出的别致，相信没有任何画家能想象出这样的构图。

而飘动的云雾后面，梯田层层叠叠，婉转如链，黄也几乎连成一片。黄灿灿的油菜花，与远山近水、粉墙黛瓦相映成趣，构成了浑然天成的画卷。还未来得及仔细欣赏，又一阵云雾飘然而至，恍若换了人间。

山村记事

一　大山深处的村庄

赣西北，群山耸立。

在燕子山海拔四百五十米的山腰，有一片平缓的山地，山里人约定俗成地叫它“燕子窝”。汽车沿着狭窄、蜿蜒的山路爬行六千米，钻进了燕子窝中被茂密森林环抱的水口村。

村子不大，很多旧瓦遮顶、黄土抹墙的老屋。山路边、石缝里，天然富硒的矿泉水“哗啦哗啦”流淌不息。村口，有不少房屋挂着“土屋人家”“旧舍”“乡梦”等招牌，显示这里是“农家乐”汇集之地，虽然顾客稀少，但还是让人感受到闯入大山深处的时尚气息。

我一直向往偏僻的山村。住在黄土墙、泥巴地的老屋里，黄昏时分，穿着背心、大裤衩，趿着拖鞋，端一杯热茶，面对满眼鲜绿，在竹片做成的小椅子上，坐成发呆的模样；下雨的傍晚，凭窗细数矮矮的屋檐上慢慢滴落的水珠……

纵横几条村路，上下几道山涧，一眼就能望到尽头。如果再往前看，便是成片的茂林修竹，郁郁葱葱，或是满目青山，深绿浅翠，还有浮在半空中一动不动的白云。燕子窝中出了名的燕山瀑布、鸡冠石、猴子石、彩虹崖等鬼斧神工的自然景观，倚在大山的角落里，初来乍到的人难觅其踪影。村外山道的高坡上，一块刻着“水口森林公园”几个大字的石牌特别引人注目。这里森林覆盖率已经达到93%，是天然氧吧。

风清月明的，我沿着寂静的山路，走向景色秀丽的水口水库。小小的水口村，远远地闪烁着层叠的灯火，灯火倒映在水面上，拉起了一条条波光粼粼的彩带。那种朦胧的美，让人联想起女人娇媚的面庞。水库边，恰逢一对新人的结婚仪式，新郎身着白色礼服，新娘拖拽着长长的轻纱，携手点燃了一串灿烂的焰火。

大山深处的夜晚，静得不能再静。睡梦里，能听得到自己的心跳声。

二　情感溪流

我住在赣西北山上的土屋。

清晨，在院子里碰见长者，当地一位儿孙满堂的老人。我问:“这么早，您今天要外出吗？”

他微微一笑，答道:“到湖南去。”

“去湖南？要去多久啊？”我问。

“下午就回来。”他的回答，让我一愣。后来才搞明白，他是去参加原单位组织的重阳节活动。

老人年轻时在山下乡镇小学当过校长。让我吃惊的是，他要下山，跨省，还要当天返回。对于一位八十岁高龄的老人来说，这样奔波，吃得消吗？

老人的儿子，就是民宿的主人。小伙子中等个子，刚满四十岁。

也许是经过风雨，他那总是挂着微笑的脸上，过早地刻下了深深的皱纹，这皱纹让他显得坚韧而刚毅。

小伙子是村里出了名的“全能男人”。每天清晨，他准时开车下山，送五岁的女儿去幼儿园；傍晚时分，又要下山去接孩子。他独自带着孩子，开着民宿，还要做好一日三餐，照顾年迈的父母。更让人惊讶的是，在忙活家务的同时，他还操办“土屋人家”，一个人烧菜、煮饭、洗碗，接待客人。山里的“农家乐”是上山游客吃饭的地方。遇到游客多时，简直忙得不可开交。平日里，他一个人打理鱼塘、整理菜地、上山砍柴、下山买菜。他竟然还在山脚下开辟一块田地，种着高品质水稻，收获的稻米够一家人，加上南来北往的游客吃。他种的稻米有韧性，带香气，许多游客吃完，便按十块钱一斤的价格买些带走。

秋深的时候，小伙子常常背着竹篓子，提着小锄耙，钻进竹林挖冬笋。他告诉我，初冬的笋不挖就烂了，挺可惜；来年春天的笋，不能挖，它能长成竹子。有时，他爬上山头的大树，采集一粒粒葡萄珠大小的茶籽，背回来，在院子里铺开，晒干，然后榨油，改善生活。

那天清晨，我随车下山。途中，他停下车，取出市面通用的纯净水水桶，“咕嘟咕嘟”地接着山涧石缝里的水。见我不解，他告诉我，妻子远在六十千米外的城里上班，他每周开车给妻子送一桶山泉水，来回一个多小时。

“三年啦，没有断过。”停了停，他又说，“她喜欢喝这里的山泉。”小伙子说得很轻松，而我的心却平静不下来。这是怎样的一个男人啊，他深深地懂得爱，顽强地将责任与担当扛在肩头，像身后的大山一样！

晚饭后，我在村口遇见刚从山下上来的老校长。他用手势比画着，兴奋地告诉我，他在湖南参观了一个景点，走了六里路。

三　一个女人对土屋的情怀

山村的坡道旁，有一片高高的土墙，墙角的水沟边，几朵紫色的野花盛放着。

我抬头往墙内张望。一台破旧的木制风车从墙上探出半个头。记得多年前，在江西农村插队的时候，我摆弄过那玩意儿：举起箩，将碾过的米倒进去，摇动那风车，将米里的稻壳吹干净。

拐个小弯，走进高处的土院。不承想，院内的景致让人眼前一亮。一条小路，院门前优雅地伸展过去。小路的左边，攀藤的木架沿围墙隔出大小不等的空间，每个空间一张长方形的小桌，桌上的茶具和盛开的鲜花在等待着客人。正是黄昏时分，从土院的矮墙上望出去，近前绿色柔美，近远处夕阳的光芒铺在水库的水面上，金灿灿的一片。

风车摆放在院子的尽头，栉风沐雨，像一个风烛残年的老人。社会在发展，如今，碾出来的米，不仅干干净净，而且口感更好。风车已经成为过往的历史。我欣赏主人的智慧和构思，在这座打造得十分精致的院落里，保留下具乡土特色的民俗文化艺术和传统农耕痕迹，传递出语言难以表达的浓浓乡情。

女主人是山下的当地人，看上去有四十多岁，短发齐耳，白上衣，黑裤子，旅游鞋，一副爽朗能干的样子。

“到屋里看看吧，”她说，“来山上租下这间屋子，我就是想将它打造成具有乡土人文艺术气质的民宿。”

门头的匾上，是醒目的鲜绿色的“第六交响”几个大字，立即将人的思绪引向了广阔田园，激起无限遐想。我暗暗思忖：能在这偏僻的小山村，奏响贝多芬的《田园交响曲》，真是别具一格。这女主人智商真高。

中堂迎面一排镂空的木制屏风。左边墙上的镜框里是大幅国画，右边楼梯下的空间，巧妙地分隔成两层书柜，整齐地码放着各类书籍。屏风后面，几根粗壮的木头架出茶几；憨憨的木椅，让人有立刻去坐一坐的冲动。茶室的空间被墙面的字画和恰到好处的装饰装点着。粗犷与细腻，在这里巧妙地混搭在一起。

“投入不少吧？”我问。

“嗯，几百万。”她答。想起山里旅游淡季民宿客人不常有，我忍不住追问了一句：“这投入，能收回来吗？”

话刚出口，我就后悔了。不料，她却爽朗地笑了。“这是我多年的心愿，也是我情感的一种托付。”她说，“你想，在这高山上，打造一处精致的空间，能让朋友来欢聚，让客人来分享，是多么美好的事啊！”

热情的主人一再邀请我上楼看看。楼上不多的客房，每一间的设计都是匠心独具，简洁又舒适。特别是还有一间书画室，挂满作品，浓浓墨迹散发着满满的艺术气息。

下得楼来，我一直在懊悔：真不该上去的。那一尘不染的精致的橙色楼梯上，留有我带黄土的鞋印。

四　明月山中的窘境

明月山是燕子山的邻居。即便是“串门”，我也是要去看看的。到达山下，进山的大门尚未开启。无意中，我成了当日登山的第一人。

一道钢缆，穿云破雾，远远地伸向山顶。我选择徒步上山，想把山间的景物仔细看看。

我对明月山的印象，眼下还只是一顶顶国字号桂冠。踏进山林，方知什么叫名不虚传。红豆杉、樟树、榉树满目皆是，还有一片片密集的松、竹、柏，装点着山谷，不时有大树擎天。许多叫不出名字的古树，雄浑、苍劲、斑驳，它们的年轮一定十分惊人吧。

山势渐陡。不知不觉，我已汗流浃背。在天然氧吧中穿行，虽无比惬意，但偌大一个世界，周围看不到一个人影，心中还是感到有些茫然。仔细回想，进山近两个小时，偶遇的登山者竟然不足十人！

远处“哗哗”的流水声，打破了大山里的寂静。徒步登山的优越之处，就在于能充分感受大自然原始的美。青翠的幽谷中，一道飞瀑，倾泻在山腰凹凸不平的峭壁上，宛如玉帘挂在空中。飞瀑溅起水珠万千，化作细雨纷飞，云烟蒸腾，让人感受着“瀑布常在烟霞中”的诗情画意。陡峭的崖壁上，“云谷飞瀑”几个深红色大字出自书法家沈鹏先生之手。面对“飞流直下三千尺”的壮观，让人忘了攀爬的艰辛。

遇到下一位登山者，是在山崖的一个拐角上。那是个来自河北的中年男人，匆匆地吞咽着自备的面包和矿泉水，仿佛一位战士要争分夺秒地赶往前线。

进入深山，越往高处走，山道越陡峭。攀爬了三个多小时，终于到达骆驼岭。骆驼岭海拔不足一千二百米，对我这个曾登上海拔五千一百九十米的人来说，骆驼岭的高度算不了什么，然而，回首身后山路，望着脚下近乎垂直的阶梯，还是有心惊胆战的感觉。我已经精疲力竭，每一级台阶，都考验着我的意志。偌大一座明月山，供攀爬者小憩的石凳寥寥无几。坚持着又攀爬了几步，转身一屁股坐下来。转身须格外小心，因为山路实在太陡。

怎么也望不到大山的尽头，不知前路还有多长。按这种速度前行，岂不是要在这荒山野岭上过夜？沿途的经历告诉我，明月山上应该没有任何遮风挡雨的地方，环视四周，也没有一个可以呼唤的人影……

感谢这座山的开发者，竟然在山中设了缆车中途停靠站。当远远地看到山头形单影只的缆车站房，陆游“山重水复疑无路，柳暗花明又一村”的诗句在我的耳边响起，欣喜之余，大大松了一口气。

站在中途站遥望，缆车终点站近在咫尺。目的地都是山顶，中途上车与在起点上车，票价竟相差无几。人到窘境，车票贵贱便全然顾不得了。不得不佩服制定票价的人，那人一定是完全摸透了徒步登山者的心理。

五　梦中的羊狮慕

久闻羊狮慕，却不知它在何处。其实，它离我小住的燕子山不远。在明月山登上开往山顶的小火车，半个多小时便可以到达。

我一头扑进羊狮慕的怀里。那辽阔的自然，美到了极致，让人震惊不已。

远方，重峦叠嶂，一层层远去，直到变成明亮的青灰，点染着翠绿，轻轻勾勒出起伏的山脊。一线柔美的曲线，淡淡地挂在天边。视线回到山前，雾霭升腾，烟云如丝，缓缓舒卷，令人叫绝。

眺望大峡谷，游云的两岸，层峦争雄，绿波奔涌，气势磅礴。山中的石笋峰，高高地昂着头颅，仿佛在不停地寻觅、呐喊，可是多少年来，它怎么也喊不醒“羊”“狮”追逐嬉戏的梦境……

横在大山腰间的栈道，走也走不完。我发现，它的力与美，尽在一个“险”字。栈道是羊狮慕一道不可或缺的风景线。

满眼的奇峰异石，满眼的云海奔涌，满眼的飞瀑流泉，满眼的古木参天……真想轻轻地问一句：这鬼斧神工的奇景，究竟出自谁的手笔？

六　山外有山

在山里小住，时间久了，便忍不住打听周边山村的风貌和生活状况。

听说，在离燕子山不远的地方，有个在原始森林怀抱中的南惹村。山村虽小，但历史悠久，且依山傍水，风景秀丽，有“小神农架”的美誉，是闻名遐迩的风景胜地。

它离燕子山很近。但是如果走公路去南惹村，就必须先下山，绕几条道，再择路往山上爬，那距离，至少也得有五十多千米。我便抄近路，从水口村后的燕子山山腰横穿过去。

山间的小路狭窄难行，有近三千米长的泥巴地，本不是车道。最让人担心的是遇到会车，在很多地段，小路只有车身宽窄，很难避让。好在山里人少车也少，没碰上会车。走这条小路，节省了近一个小时的时间。

钻出山腰，汽车沿着蜿蜒的山路向山上爬行。走了很久，看不到村庄的影子，只有山上的巨石、山下的空谷和高高低低的树林伴随左右。虽然只有脚下这一条路，但还是让人怀疑是否走错了。打开手机一查，看到前方几千米就是“南惹村风景区”，心中一阵欣喜。不承想，这座古老的小山村，竟然还是“风景区”。

车停在海拔八百多米高的山路上。山路的左边，是大片空旷的山谷，远近一片葱茏，各种珍稀树种，数不胜数。南惹村坐落在山路右边的山坡上。远远地，便能看到两棵树龄超过千年的古银杏树巍然傲立村口。尽管历尽沧桑，它们仍稳稳地扎根在那里，像两尊活化石。两棵古树，泛黑的腰肢已经严重变形，但依然佝偻着身躯举起枝条上泛绿的嫩芽，让人肃然起敬。

南惹的地貌，是一片高低错落的山谷。从古银杏树下走过去，便可顺着浅浅的石阶，上到高一层的山地。郁郁葱葱的各式植物，以及叫不出名字的花朵，遍布山野。万绿丛中，稀疏地分布着民宅，但见不到人影。这里，如同我在燕子山小住的燕子窝一样，除了高山清新的气息，剩下的，全是静谧的诱惑。

在山头一间敞开式的堆柴小屋里，我和一位捧着茶杯的老人攀谈。南惹村出现在什么时候，他说不清楚，他的乡音我也似懂非懂。他只知道，在很长的岁月里，这个村子的村民一直保持着十八户人家。前些年，有一户人家搬下山去了。这一搬，改写了这座山村几乎静止的历史。不久，又有一户山民搬走了，不知去了哪里。现在，南惹村常住山民只有十六户了。

南惹村，连同村中的十六户山民、村前的古银杏，共同默默地守望着高山上那一片古老的天地。

一条黄狗，不知什么时候来到我的身边，快乐地奔跑在我的前后左右。我跨过村前的小河，即将离开南惹时，突然发现它仍站在小木桥栏杆旁边，依依不舍地望着我。

我至今说不出那座大山准确的名字，只知道，南惹村在明月山的东边。

宋庄有个画家村

从韩美林艺术馆出来，我沿着古老的大运河行走，去参观宋庄的画家村。

画家村是一个令人向往的地方。几年前，我曾参观过上海金山农民画家村，村里一排排黑瓦白墙的平房，坐落在金黄的油菜花丛中。而宋庄画家村，则集中在一个乡镇，这里宁静而典雅，散发着浓厚的艺术气息。路边空地上，多雕塑与现代装饰，抽象而简洁，给游人许多想象的空间。

我是沿着一条细长的小街走进画家村的。人很少，风很静，不高的小楼掩映在绿树丛中。一间挨着一间的门面前，画室、工作室等标牌，形式各异，每每别出心裁，成为小街独特的风景。有的画室门前以木栅栏简单地与邻家隔开，几枝绿叶装点着，别有情趣。远远望去，这条小街本身就是一幅艺术作品。

推开路边一间画室的门。主人不在。墙上挂着的条幅反映画家的创作成绩。他曾是某城市美术创作室的主任。墙角的大镜框内，镶着他创作的大幅国画，蕉叶残黄，楚楚动人；桌上摆放着尚未整理的近期画作。走进隔壁另一间工作室，进门便见一座造型精美的牌楼。牌楼的一边有座拱门，沿拱门周边挂着一溜红红的小灯笼，十足的中国风。穿过拱门，两张长长的木椅围着低矮宽大的茶几，后边是高高的一字排开的书橱。宽大的工作台边，立着几株绿色植物。画室里活力盎然。

两座房屋之间夹着一道窄窄的石阶，我拾级而上。屋后的高坡上呈现另一番景象。迎面，一家文艺美术馆的牌子高高矗立着，绿树装点的玻璃房内，展示着一幅幅水墨画，清新优雅。左侧的平台建了露天咖啡吧，原木矮桌一张张随意地摆放着，桌子两边是圆木靠背的椅子，造型夸张，彰显着艺术家的匠心。对着平台的房屋的山墙上，三个雕塑小人，攀岩般向上爬的姿态。细看墙上的铜牌，这里是通州关心下一代文化创意艺术教育基地。推开侧面艺术空间的玻璃门，正面墙上有四十多幅肖像画，有的简单着墨，有的淡雅上彩，有的线条奔放，幅幅栩栩如生。屋内四周以及中间的长条桌上，摆放着许多小巧玲珑的雕塑作品，推独轮车的、赶路的、扛包的人，一队队，一群群，说着笑着，憨态可掬。

宋庄画家村，汇聚着大江南北众多的艺术家，他们“北漂”在这里，年复一年，创造着各自的理想世界。在美术展览馆，我遇到一位姓施的外籍华人女画家。她中等身材，四十多岁的样子，柔弱而文静。高大宽敞的展厅内，陈列着她一百多幅油画作品。我被作品独到的艺术构思和女性特有的优雅情调所吸引。在一幅色彩绚烂、激越雄浑的抽象画前，我伫立良久。我在用心寻觅作品的心跳，细细倾听仰天长啸后的余音——一幅平静的画面上，几片大小不一的羽毛正在缓缓飞向天空，不知道它们将飞到哪里去，它们的无拘无束、自由自在令人羡慕。羽毛笔触细腻且逼真，如果用手轻轻抚摸，说不准还能带下些许绒毛来。画家在文学和宗教学方面也有造诣。书桌上，摆放着个人画册和诗文选集，我略略翻看，竟是诗里有画，画中有诗。

我问画家："在这里，你最大的感受是什么？"

她平静地答道："我喜欢这样的生活。"

大漠深处胡杨人

柴达木盆地的底部有一座小城格尔木，格尔木往西五十千米，有一片胡杨林。大漠胡杨传奇，为这座小城平添了一道风景。

去胡杨林的路十分难走。出城不一会儿，我们乘坐的面包车便驶上了尘土飞扬的土路。青黛的远山绵延不绝。灰褐的盐碱地一望无际。汽车在坑坑洼洼的道路上颠簸前行，沿途除偶尔能看见几棵沙枣树和骆驼刺外，再也找不到生命的痕迹。

开车的司机是个爽朗的西北汉子，约莫五十岁。也许是习惯了，汽车的颠簸他全然不在意。交谈中，他告诉我，格尔木是胡杨之乡，全世界百分之九十的胡杨在中国，中国的胡杨百分之九十在柴达木盆地，现在盆地中胡杨保护区的面积已达三千八百多平方千米。

我知道，内蒙古西部的额济纳胡杨林、新疆南部的轮台胡杨林和格尔木胡杨林最为著名。格尔木胡杨林是世界上海拔最高的胡杨林，从前长得十分茂盛，绵延数十里。20 世纪六七十年代，这里的胡杨曾遭砍伐，以往的规模已不复见。

司机说得津津有味。我问："你是当地人吗？"

"不，"他回答，"我是西宁人，年轻时就来这里工作了，后来报名参加青藏铁路新线的建设。铁路建成后，组织上让留，咱就留下了。”

他扭头望着我一笑：“家在西宁，个把月回去一次。”

他的表情很淡定，我心中却不平静。柴达木盆地地质资源丰富，素有“聚宝盆”的美称。然而，这里是青藏高原，海拔高，土壤条件差，生活环境比较艰苦。在这空旷的荒漠上，一干就是几十年，是什么在支撑着他的追求？

远远地，在车的左前方，有一棵胡杨孤零零地矗立着，虽不挺拔却苍劲有力，好像这片贫瘠土地上的一位守望者。司机告诉我：“在沙漠上，一般植物很难生存，只要看到高出两米的树，不用问，准是胡杨。”

望着渐渐远去的胡杨孤单的身影，我忽然想起了一个人。

昨天黎明时分，开往格尔木的火车停靠在一个车站。车站很小，没有站台，一间低矮的平房，旁边竖着十来米长的栅栏，栏杆外是一道朝下的长长的陡坡。空旷的大地上，晨曦微露。在路基下，立着一个男人孤单的身影。他对着车门高高地举起双手，接过从车上递下的孩子，然后又把一个女人搀扶下车。这女人我认识，她的铺位就在我对面。她是陕西人，怀里的娃不到三岁。男人七年前来察尔汗大盐湖搞建设，这是她第二次来探亲。我隔着车窗向外望，只见那男人背着行李，怀里抱着孩子，女人跟在后边，一家人踏着路上的浮尘，深一脚、浅一脚地顺着陡坡朝下走，每走一步，脚后跟便带起尘土一片。我环顾四周，看不见什么建筑，到处空空一片，不知道他们将走向哪里。

我们的汽车，碾着土路凹凸不平的车辙，顽强地向前行进。

忽然，我的眼睛一亮，发现前方竟然有一群人！在这荒无人烟的大漠里，他们是谁？他们在做着什么？近了才看清楚，这是一群修路人！他们挥舞着铁锹，一锹一锹铲起路边的土，把被过往车辆轧出的深深辙沟填平。车辆经过的时候，他们一个个都站立在阳光下，脸上流淌着汗水，平静地看着我们。我隔窗望着面前一张张黑红的脸膛，像检阅着一队镇守着疆土的顽强士兵。

道路的艰难，使人对胡杨林产生了一种神秘的敬畏。多年以前，不知从哪本书里得知，胡杨具有惊人的抗干旱、御风沙、耐盐碱能力。它顽强地挺立在沙漠中，一千年不死；死后，一千年不倒；倒下，一千年不朽……在现代考古活动中，在楼兰、尼雅和喀拉墩古代遗址，考古学家发现许多胡杨桩柱至今未朽，胡杨的特性通过了历史长河的考验。

终于，我看到了沙漠的生命之魂——胡杨林！它在路的尽头，在广阔的沙海的包围之中！

我一步步走近胡杨林，心中升腾起豪情，神圣庄严的感觉油然而生。这是靠近格尔木河的低洼地带新生的胡杨林，面积很大。它们不是很粗壮，但大部分都有两米多高。它们并非人工种植，而是在过去被烧毁或被砍伐的胡杨老根上重新生出的，让人不得不感叹它们顽强的生命力。

站在胡杨前，我发现它的形象很奇特。它的幼树枝条和叶子与柳树相似，长高以后，叶子才变得像杨树。有的同一棵树，下半部长着柳叶，上半部长着杨叶。它们是沙漠地带特有的古树种，是干旱和风沙铸就了它们独特的风采。

面对胡杨，我感到心灵被净化。胡杨与世无争，又默默奉献的精神感染了我。世界上的植物还有比坚忍的胡杨更值得赞美与歌颂的吗？我想不出。都说银杏古老，而胡杨在亿万年以前就存在于地球上了；都夸松柏坚强，而胡杨能在杀气蒸腾的沙漠里生存繁衍，即便失去了生命也要用坚强的躯体把沙流阻挡……

回程的路上，胡杨那坚毅的神采一直萦绕在我的脑海里。我觉得胡杨是一本书，它在用自己的生命诠释着存在的价值与意义！

远望大地，我的眼前又浮现出昨日清晨车站上那个孤独的身影，浮现出今天默默挥动铁锹铲土填路的人们，还有坐在我身边的司机当年建设青藏铁路时的样子……

他们与大漠的胡杨一起，留在了我的心里。

离天最近的车站

列车离开西宁，绕过青海湖的北部，从德令哈的西面穿越洁白的察尔汗大盐湖，再沿格尔木河南下，到了青藏铁路二期工程的起点格尔木。格尔木是柴达木盆地底部的一座小城，以青藏铁路一期工程的终点、二期工程的起点闻名于世。

我来过格尔木，那是2006年的7月，青藏铁路通车试运营的日子。那时，这里还没有现在这样规模的车站。不远处，高高的路基上几道长长的铁轨伸向远方，一座简易的木结构门楼横跨铁轨之上。门楼两边分别是“建设青藏铁路”“造福各族人民”的条幅，横梁上“青藏铁路新线起点”几个鲜红的大字格外引人注目。那个夏天，我曾从青藏铁路的新起点出发，乘坐越野吉普，沿着青藏公路西行。

记忆中，到达的第一站是纳赤台。纳赤台是一个海拔高达三千六百米的高坡。公路边，有一座八角亭，朱红立柱，飞檐画栋。亭子不算高大壮观，带有高原建筑的浓郁色彩。亭内，一股清泉昼夜不停地喷涌，好似美丽的莲花。纳赤台自古就是交通要道，关于它的传说很多。朋友给我讲了一个动人的故事：一千三百多年前，进藏的文成公主路过纳赤台，一行人人困马乏，干渴难忍，只能和衣入眠将就一晚。不承想，次日清晨人们醒来时，但见东方红霞漫天，佛祖像前，多了一眼晶莹的泉水。我知道，在青藏铁路建设的那些年，纳赤台成为附近工段宝贵的供水点，甘甜的泉水一次次滋润了铁路建设者的心田。

我们的越野车还到过一片高山围抱的峡谷。远远望去，冲积地层的地貌犹如利斧劈开高山。青藏铁路上的经典之作三岔河大桥，就悬架在陡峻的山崖之间。这座大桥全长近七百米，五十多米高的桥墩排成一行，数一数，共有二十根。一次夜航，我手捧《航空画报》，久久端详正在建设中的三岔河大桥的照片。那幅摄影作品，从大桥的顶部俯视深山峡谷中的桥墩，视觉效果十分震撼，让人难忘。而当我置身大桥底下的纪念碑旁，抬头向上仰望，一排排坚固的高大的桥墩，犹如擎天立柱，拔地而起，极其壮观。此刻，飞驰着奔向拉萨的列车穿越一座又一座大桥，我不知脚下哪一座桥是三岔河大桥，不知道哪一排桥墩是我当年驻足的地方。

那个夏天，我还到过著名的西大滩。海拔四千三百米的西大滩，是青藏铁路建设的艰苦路段之一。西大滩自然条件十分恶劣，天气多变。当地的老百姓中流传着这样的口头禅："想到西大滩，两眼泪不干……"

然而，现在我眼前的西大滩景色迷人。大块大块的云朵笼罩着白雪皑皑的昆仑山，辽阔的荒原上，涓流纵横，散发着原始的野味，透出苍凉的美感。在几间低矮的工棚前，我意外地遇见两个骑着摩托车的藏族居民。在简单的交谈中，他们告诉我，当年修铁路时他们就住在这工棚里。他们说得极其自然，而我的心里却久久不能平静。望着简陋的工棚，我的脑海里浮现出当年的青藏铁路建设者们战天斗地的场面。

我还清楚地记得，越野吉普到达昆仑山口，已是黄昏时分。飞舞的龙卷风，挟着黄色的沙尘，像一个个立柱，在眼前升腾旋转着。山口处耸立着一块巨大的岩石，岩石上刻着“昆仑山口”四个大字，边上还刻有“海拔 4767 米”的字样。它的南侧，立有为保护可可西里野生动物捐躯的杰桑·索南达杰的纪念碑。距离纪念碑约百米，是一块“可可西里自然保护区欢迎您”的旧木牌。

昆仑山口，空气稀薄，高原冻土层终年不化。昆仑山脉巍峨的峰峦伴着可可西里无垠的苍茫，令人望而却步。我想起美国现代火车旅行家保罗·泰鲁在《游历中国》一书中说过的话：“有昆仑山脉在，铁路就永远到不了拉萨。”确实，青藏铁路修建之前，来这里的人们难免会有这样的感慨。

此刻，列车就穿行在巍巍昆仑的怀抱里。透过车窗，遥望可可西里，我的脑海中浮现出一个年轻女孩的身影。她是那个夏天我在可可西里遇见的一位上海姑娘。她二十五六岁的样子，中等身材，灰灰的短发下，端正的脸庞略显憔悴。她默默地站在杰桑·索南达杰的纪念碑前，好像在思考着什么。她告诉我，她是志愿者，三个月前通过网上报名得到来这里的机会，她的工作是青藏铁路沿线生态环境保护宣传。她说，全国报名的有二十九个人，上海只来了她一个。现在工作已经结束，在返回上海之前，她专程来到可可西里，向英雄道别。她讲述了怎样与同伴在荒原上搭建高脚屋，怎样在窝棚里起草宣传材料，我的心里不由升腾起敬意。她从挎包里掏出一本书，自豪地告诉我，这是大伙儿几个月的心血与成果。我接过书，简单翻阅了一下。书中记录着青藏铁路沿线的地理状况及维护生态环境的做法和思考，扉页上是大地守望者们临别的留言和签名。遗憾的是，我竟没有准确记下那位姑娘的名字。

开往拉萨的列车在世界屋脊上穿行，眼前的每一座高山、每一道峻岭都见证过沧桑，都记录着历史。在这片土地上，松赞干布曾采取建立驿站的办法，将唐朝与吐蕃的主要道路连通；明代曾在这里设置茶马司，茶道为川藏线贡献了最初的雏形；孙中山把对“西北铁路”和“高原铁路”的想象写进了自己的著作里；毛泽东在会见尼泊尔国王比兰德拉时说过“青藏铁路修不通，我睡不着觉”……世世代代的期盼，如今变成了现实。穿行在青藏线上，犹如穿越历史，让人心潮难平。

车厢内，每张卧铺的头顶与车厢上方都装着小小的圆形供氧装置。车内有补充氧气，仍有一些乘客不舒服。高原反应强烈的人或靠在窗前，或躺在铺上，吸着列车内置的管氧，白色细长的输氧软管悬荡着……

列车穿过黑夜，驶进了高原又一个黎明。早晨的阳光照射在雪山之上，格外清新明亮。遥望远方，我又想起当年乘坐越野吉普沿青藏铁路前行的情景。在极其恶劣的条件下，在昆仑山的怀抱里，修建一千九百多千米的铁路，开山、凿洞、架桥，穿越五百多千米冻土区……架设“天路”的艰苦卓绝，令人难以想象。

“列车前方将要经过唐古拉车站，”列车广播介绍说，“唐古拉车站海拔五千零七十二……”唐古拉车站是世界上海拔最高的火车站，由于缺氧，这座车站无人驻守。没来过的乘客们都想看看这个世界最高的车站究竟是个什么模样，坐着吸氧的人赶紧掏出相机，躺在床上的人拔掉氧气吸管，纷纷挤到车窗前，聚精会神地等待着，准备将唐古拉车站的景象收入相机的镜头，留在自己的心中。还没有做好心理准备，一座短短的站台，两间低矮的平房，已从车窗前一闪而过。没等乘客们缓过神来，唐古拉车站已经远去，消失在青藏高原的怀抱里。

随笔四章

一　多瑙河在我的手中荡漾

朋友用手机发来《晚会圆舞曲》，是某外国乐团演奏的。

都说《蓝色多瑙河》是史上最美圆舞曲，而我听过《晚会圆舞曲》，却感觉没哪支圆舞曲能比它更激动人心。

在网上查了资料，这首圆舞曲又名《风流寡妇圆舞曲》，是匈牙利作曲家弗兰兹·雷哈尔（1870−1948）的代表作。它以动人的华尔兹旋律描述了彭特威德罗公国驻法公使以英俊的近卫骑士丹尼罗为抵御法国男人攻击富翁寡妇汉娜的盾牌，避免公国财产流失他国的故事。它令人百听不厌，欲罢不能。多瑙河两岸的布达和佩斯的美景通过乐曲在我脑海中苏醒过来。

我去过匈牙利，曾在秋夜乘坐游轮在多瑙河上徜徉。国会大厦，布达皇宫，渔人堡，圣斯蒂芬教堂……而今那一条多瑙河在我双手中荡漾着。主旋律回环往复，如河水奔流不息。

二　荒凉也是一种美

越野吉普在一马平川的河西走廊飞驰。

荒滩辽阔，一望无垠。脚下一条窄窄的车道，笔直地伸向遥远的天际。不知是什么时候驶入的，也不知什么时候才能开出去，无尽无休。

天空蓝得发暗。烈日下，干燥的空气中似有丝丝蒸汽。

古道悠长，大漠荒无人烟，单调得只有天和地。四周死一般的寂静，仿佛一声震撼天地的巨响即将来临。低矮的沙拐枣、骆驼刺，一堆一堆稀疏地散落在大地上，裹满尘土。坚韧枯黄的枝顽强地扎在开裂的土地里。

遥远的地平线上，悄悄浮出一层淡灰的薄雾，隐约的山岭像云烟贴在蔚蓝色的天边。依稀可见的村庄、树木，围绕在波光粼粼的湖水周围，湖面上飘荡着淡淡的雾气……一路追逐前行，寻觅天地间的奥秘，仿佛误入神话故事中。

天际的村落悄悄运动和变幻起来，沙海湖泊渐渐模糊，树林也在刹那间暗淡下来……

大漠，回归苍茫。

三　荒原姐妹

黎明前的鸣沙山被星空笼罩着。早起看沙海日出的人们，在“叮叮咚咚”的驼铃声中沿着山腰迂回着往山上攀爬。半个月亮悬在空中，长长的驼队，成了夜色中的一道风景。

脚下的鸣沙山已形成三千多年。东汉《辛氏三秦记》说：“河西有沙角山，峰愕危峻，逾于石山，其沙粒粗，色黄，有如干躇。”

沙角山即鸣沙山。我不知道月牙泉是什么年代形成的。在我的眼里，鸣沙山和月牙泉是敦煌的一对姐妹，少了哪一个，这片土地都不会如此动人。古人云："山以灵而故鸣，水以神而益秀。"鸣沙山和月牙泉在大漠戈壁中默默相守，留下"鸣沙山怡性，月牙泉洗心"的佳话。

月牙泉被鸣沙山环抱着，而泉水清澈，千年不涸，令人称奇。在有限的史料记载和诗词歌咏中，月牙泉一直碧波荡漾、鱼翔浅底、水草丰茂，与鸣沙山的黄沙相映成趣。可惜的是20世纪90年代以来，源头党河与月牙泉之间已经断流，只能用人工方法来维持泉水现状。

我坐在鸣沙山上，遥望月牙泉亭台楼榭前清澈的水面，在心里为荒原上这一对姐妹祝福。

四　歌王，在那遥远的地方

一条长长的葡萄沟，顺着地势往坡下蜿蜒。小路两边的葡萄架下，整齐地排列着一张张桌子，桌上堆满了红色、黄色和紫色的葡萄。吐鲁番王洛宾艺术纪念馆就在葡萄沟的尽头。

纪念馆陈列着歌王的作品。在中国，也许有人不知道王洛宾的名字，但是他创作的歌曲却家喻户晓，无人不知。他以搜集、整理和创作西部民歌著称于世。他各个时期的作品，是中国音乐艺术中的精品。

我从小就爱听、爱唱王洛宾的歌。他一生为人们留下了近千首作品，其中，《在那遥远的地方》和《半个月亮爬上来》被列为"20世纪华人经典音乐作品"。纪念馆的文字资料中说，王洛宾是在联合国高唱民歌的第一位中国人，他因此荣获联合国教科文组织首个华人音乐家"东西方文化交流特别贡献奖"。可以毫不夸张地说，当今世界上，凡是有华人的地方，就有王洛宾歌曲迷人的旋律。

纪念馆里轻轻飘着王洛宾歌曲的旋律。我为他制订的“五百年艺术生命”计划感动。他说：“一个人只能活一百年，我的艺术生命计划，是要写出最好的歌，让大家传唱五百年。”美好的艺术不会老去，他的歌曲已经扎根大地，必定世代传唱。

在通往北疆的一条宽阔大路边，我走进另一座王洛宾艺术纪念馆。纪念馆由几间大平房组成。小院里，有一座大型雕塑：一辆奔驰的马车上，坐着三个人，有歌王弹着热瓦甫，在放声高歌，另外两个人打着手鼓……

一阵轻风吹来，耳边尽是熟悉的旋律。

土楼咏叹

坐上一辆高高的旅行车，离开厦门，向漳州进发。

我在福建的大山深处寻觅，寻觅一段往事的初始——明崇祯年间客家土楼的传奇。

夯筑的土楼是大山怀里别样的风景。

每一座土楼都紧锁着远古的气息。细数，有侨福楼、承启楼、世泽楼、五云楼……圆形的、方形的土楼围成寨子。土楼每个角落都沉淀着时代的印记。

轻轻推开承启楼的木门，我看见，历史站在眼前!

土楼像童话里的故事，圆中圆，圈中圈。

沿着土楼院内盘着、卧着的窄巷，由外往内走，我的脚步逆着时针的方向，一圈、两圈、三圈、四圈……每一步都踏在历史上。

不闻崇祯年间的夯土声，也听不到清康熙年间的号子。而几百年的风雨分明从我的面前闪过。土楼正与历史一般厚重。我用心丈量着旧日的时光，用手触摸历史的痕迹。

土楼体量十分庞大，高四层，上上下下有房间四百间。

圆形上，分布着几百扇门窗。每一扇门窗都在述说为躲避战乱举族迁徙的历史；述说来自他乡的客人怎样立足异乡，成为客家主人的经历；述说客家人以家训家规维系家族文化的往事……

望着三层用于瞭望的窄缝，望着四层用于防守的大窗，我仿佛置身那动荡的岁月。直至今日，古老的寨子，依旧完整，安然无恙。院内的水井、粮仓和畜圈，还保留着原来的样子。

土楼院墙有凸凹的纹理，仿佛皱纹，镌刻着沧桑。

这样的场景似曾相识：北京的天坛、敦煌的莫高窟，还有历史博物馆灯光照射下的秦砖汉瓦、宋元陶罐、明清瓷盘……

一位耄耋老人坐在土楼门口的阳光下，半睡半醒的模样，我不忍打扰他。

他含糊地述说着，土楼没有经历战事。他讲不清自己是第几代后裔。他记着中原是故乡，抬手指着遥远的地方。

呼伦贝尔札记

一

我从阿尔山去往呼伦贝尔大草原。

铺天盖地的绿色，淹没了只有一条公路的城市，淹没了怀抱城市的山冈，淹没了我居住的酒店，还有，万绿丛中的点点毡房。

温泉是热烈的。听不懂那翻滚的话语，但我知道，那是小城怀里的温暖。

二

飘着白云的蓝天，低低地覆盖着无边无际的草原。

满眼鲜绿，分不清哪里接着天边。在这喊声冲不破的广袤世界里，脚下的小草成了我的知音、我的依恋。

三

双手捧起弘吉剌部代代相传的美酒，翻身跃上枣红色的骏马。我与草原的约会，有迎风飞扬的哈达，有姑娘传情的歌唱。

蒙古包也盛不下彪悍的热烈。走近这个喜爱赛马、射箭与摔跤的民族，哪里都有唱不完的歌，哪里都有喝不尽的酒。

围着敖包默默行走，我将虔诚托付给高高垒起的石子。

四

一条小河贴着两岸流淌。静静的河水牵出儿时的记忆。

小船在碧波中荡漾。人，就这样走进了童话般的世界：一棵大树站在对岸的山坡上；敞开着门窗的木屋前，坐着一位年轻的俄罗斯族姑娘……

“这里是草原的尽头吗？”我轻声地问自己。

五

草原的天有多宽，脚下的路就有多广。

长弓跳跃，一遍遍歌唱着草原的雄鹰：成吉思汗、嘎达梅林……马头琴声，声声还原着历史。激越与悲壮，装满了勒勒车，每一道车辙都镶嵌着一个民族的灵魂。

呼麦为引，唱一曲“父亲的草原母亲的河”，唱出草原儿女的心声。轻风送着长调，怎么吼，也吼不尽马背上的儿女浓情。

六

根河在草原深处默默流淌。草绿铺向天边，由深绿而浅翠，渐渐鹅黄。

站在高处眺望：一道流水走成了大大的“S”。它将根河、额尔古纳河、得尔布干河和哈乌尔河搂在怀里，优雅地走向远方。河漫滩、柳灌丛、盐碱草地和水泡子，一条条柳枝般纤柔的支流汇聚在洪泛平原上，滋润着三角洲。

碑上写着六个夺目的大字：亚洲第一湿地。

在喜马拉雅山下数星星

在尼泊尔逗留的最后一个晚上，旅行社安排我们住进了杜利凯尔郊外的一家酒店。

杜利凯尔是尼泊尔最北边的一座小城，它坐落在喜马拉雅山的山脚下。驱车从城里经过，感觉这座小城正在老去。它从前的荣耀，透过曾经店铺林立的街道，以及寺庙的建筑格局，清晰可辨。

酒店不大，建在半山腰上。设施有些陈旧，但是鲜花围绕的这几栋欧式红墙小楼，背衬喜马拉雅山的白雪，周边山坡绿树成林，风景非常优美。躺在房间的床上，透过宽大的玻璃窗，能望见喜马拉雅山的皑皑白雪，美景尽收眼底，让人感觉十分神奇。这里还是登山者的聚集地。世界各地准备攀登珠穆朗玛峰的登山者，选择经由尼泊尔一侧上山路线的，都会来到这个酒店，休整、准备完毕后，从这里开始踏上攀登世界第一峰的征程。

酒店客房的右侧，有一座石头垒砌的平台，平台很开阔，用一块长岩石作为天然栏杆。露天咖啡吧，正对着喜马拉雅山，是观看雪山日出的地方。我们到达酒店已是黄昏时分，品尝了酒店准备的欢迎咖啡，便急不可耐地在平台上选景照相。用完晚餐，客人便无处可去了。这里离城里很远，周边也没有任何娱乐场所。

酒店的客房很宽敞，但灯光非常暗淡。客人还未完全安顿下来，突然就断电了，让人措手不及。等了一段时间，还没有恢复供电的迹象。下楼来到平台上，春寒料峭，夜晚的空气特别清新。漆黑的天宇，清澈如洗，没有一丝云彩。明亮的星星，眨着眼睛，好似一颗颗璀璨的宝石，高高低低地悬挂在空中。

来平台的客人渐渐多了。这个夜晚，没怎么听到有人议论停电的事情，大家都在惊叹这里夜空的美丽。不少人举起手机，对着天空中的星星拍了又拍。有人摸黑匆匆跑回房间去取照相机，想拍摄一些高清的照片留念。还有一些人，仰望着天空，指指点点，猜测着、议论着哪个是金星，哪个是木星，哪几颗星组成了北斗……仰望星空，我想起川端康成《雪国》中的句子："银河好像哗啦一声，向他的心坎上倾泻了下来。"不过此刻，我没有看见夜空中银河的流动，也没有听到群星倾泻的声响。我感觉星光之美，与雪山的辉映分不开，是群星点亮冰雪，冰雪反射光加入的后果。我不由想起雪山的黎明。

昨夜，宿于喜马拉雅山下的博卡拉，凌晨时分，电话铃声将我唤醒。一辆吉普车穿过夜的寂静，把我送到庄严的安纳普尔纳雪山下。下车的地方，是一座村庄。村外，一大片高坡空地，被村民开发、整理成了观景平台，层层叠叠往坡下延伸。当时，高高低低的平台上已经聚满了等待观赏雪山日出的游人。大家纷纷抢占有利地形。有人守着支起相机的三脚架，有人手中捧着"长枪短炮"，都在翘首等待日出的辉煌。

东方是层层山峦。不知不觉中，天空有了淡淡的红晕，北面的安纳普尔纳雪山群峰及附近的鱼尾峰的顶部也渐渐泛红。只见那红色越来越鲜艳。人群开始骚动。太阳吐露出强烈光芒的刹那，雪山白色的群峰边缘及起伏的山脊线都现出金色的光带，就像几座不同方向的屋脊被铺上了金顶一样壮观。人群的欢呼声、赞叹声与照相机的快门声响成一片。此刻，我发现人们已无暇顾及东方正在缓缓升起的太阳,都面朝北方,举着相机,拍摄雪山金顶的那一片灿烂……

此刻，同是雪山脚下，我沉浸于明净的夜空。满天繁星闪烁，多年未见，既熟悉又陌生。仿佛怕它会消失，我搜索着记忆，想将夜空印象疏理清晰。

我孩提时代，家在上海的一条旧式弄堂里。每到夏天的傍晚，街坊邻居都会在自家门前搭小床纳凉。爸爸从家里搬出几块铺板，两头搁在长凳上，铺上席子，我们几个小孩洗完澡便在上面玩耍。那时的夜空很洁净，我们挤在一起数星星是常有的事。我还记得，我们望着星空猜测：月亮上住着嫦娥和兔子，星星上不知住着什么……

我也曾仰望星空做着青春的梦。那是在赣东北一个偏僻的小山村。几年的知青生活，让我和当地的乡亲结下了浓浓的情谊。很多个夜晚，我常常光着膀子，摇着大蒲扇，端一大杯茶水，与乡亲们坐在夜空下谈天说地，直到后半夜；也会独自一人遥望星空，默诵着海涅的诗句“星星们动也不动，高高地悬在天空”，享受山村夜晚特有的宁静。

如今，城市居住条件改善了，许多人家都搬进了高楼，室内安装了空调，夏夜自然是不会再去门前纳凉了。人们拥挤着钻入地下乘坐地铁，或匆忙地穿行在高楼大厦之间，渐渐地淡忘了夜空的美丽。我还是常常怀念令人难忘的夜空，有时还会在自家阳台上凭栏仰望。但是，我总觉得现在都市的夜空有些朦胧，不再像过去那样通透，星星也没有从前那么明亮。

在喜马拉雅山的山脚下，我仰望苍穹，尽情享受着夜空之美。我会记住杜利凯尔这个美丽的夜晚，璀璨的星空让我找回了从前的梦境。

面对珠峰之巅

离开印度德里，飞行七十分钟，便到达了尼泊尔首都加德满都。

正是深夜，加德满都大面积停电。车窗外到处黑乎乎的，只有车头的两束灯光随着颠簸起伏。行程安排得很紧，如果打算在尼泊尔乘坐小型飞机观赏珠穆朗玛峰，只有明天凌晨的一次机会，而且几个小时后就要出发，此刻，必须做出决定。我们忙不迭地与车上刚刚认识的当地导游讨论行程安排。

睡梦中，我被一阵急促的电话铃声叫醒。想到即将与珠峰相见，我一跃而起，将疲惫抛到九霄云外去了。

我们驱车赶往加德满都机场，停电还在持续，城市依旧一片漆黑。

旅游观光是机场的一个服务项目，候机大厅的一角设有专门的服务区。停机坪上，停着十多架大大小小的观光飞机，机身喷涂着红色线条和航空公司标识。我们搭乘的是一架双引擎螺旋桨飞机。飞机很小，客舱与驾驶舱相通。狭窄的客舱过道两边，每扇窗下设有一个座位，全机限定载客十五人。

乘客全部坐好后，上来一位身穿深红色套装的尼泊尔空姐。她弯着腰，在低矮狭小的舱内检查过所有乘客的安全防护，关上机舱门，在舱门边的位置坐下。她举起右手伸出大拇指，示意驾驶员一切正常。飞机随即开始顺跑道疾驰，缓缓升空。

东方已经浮现出粉红色的朝霞，唤醒了连绵的喜马拉雅群山。从飞机的舷窗俯视，脚下一座座山峦起伏，大片的山坳以及背阳面残留着皑皑积雪，高一片，低一片，白一片，花一片。远处的山峦上则积雪银浪般翻卷。

尼泊尔这个占世界总面积 0.1% 的国家，境内汇集有八千米以上的山峰九座，七千米以上的山峰一百多座，五千米以上的山峰一千多座，许多山峰常年积雪，因而被公认为“雪山的故乡”。乘坐飞机观赏茫茫雪山群峰，景色的神奇与美丽令人心旷神怡。

飞机冲开晴空中的朵朵浮云，眼前的山峰渐渐多了起来，山势雄奇，头裹白雪，耸立在蓝天下。越是临近珠峰，山势越是巍峨……

大约三十分钟后，左前方出现了几座棱角分明的雪山，在旭日的照耀下，岿然屹立。空姐弯着腰，快速走向每一位乘客，用手指着舷窗外，不停地比画着，告诉大家眼前那高耸的山峰就是珠穆朗玛峰。

向空姐指的方向望去，只见几座山峰威武地指向湛蓝的天穹，其中一座山尖尤为突出，那就是地球之巅珠峰，离天最近的地方！

大家全神贯注地眺望着，就像在追寻凝聚人类的目标、信仰和力量！

我猜测着，中国登山队的勇士们登顶后将鲜艳的五星红旗插在了哪里并留下了合影；我想象着，此时此刻有人正艰难地向着峰顶攀登……人的一生难得有亲近珠峰的机会，此时机上乘客异常兴奋，个个端着相机不停对着珠峰拍摄。我的眼睛在镜头里，心也在其中。

又有坐在机舱右侧的乘客解开身上的安全带，靠近珠峰一侧的舷窗，选取最佳拍摄位置，让珍贵的瞬间定格在自己的相机里。空姐理解大家的心情，有序地引导每一位乘客轮流前往机头，从驾驶舱宽阔的前窗观赏珠峰的容颜。与乘客座位边狭小的舷窗相比，驾驶舱的视野格外开阔，玻璃也分外透亮。珠峰之巅一下子清晰地进入了站在前窗前的我的眼帘，它是那样巍峨，那样冷峻，那样昂扬，这瞬间的印象，后来成了我永恒的记忆。

在珠峰之巅盘旋一阵之后，飞机开始返航。机舱右侧的乘客又有了与珠峰亲近的机会，手中的相机片刻不停。

回程是在兴奋中度过的。大家还未回过神来，飞机已经稳稳地降落在停机坪上。

临别，空姐给每位乘客递上一张证书，证书上印着蓝色的珠峰雄姿和“飞越地球之巅”的字样，机长拿起黑色的水笔，在每张证书上签上了自己的名字和飞行日期，留给乘客作为此次神奇之旅的永久纪念。

吴哥，朝阳与古迹同辉

东方还未泛白，沉睡中的吴哥窟已被游人的脚步声唤醒。从四面八方赶来观看日出的人们走过护城河上的彩虹桥，经过外围城楼的三座大门，进入这座世界最大庙宇院内。

导游是当地的一位华裔中年男人，他高举着手中的手电筒，上下比画着，招呼我们跟随他从城楼右边的侧门进去。穿过黑暗的城楼回廊，远远就看见吴哥窟祭坛顶部矗立着的五座宝塔的轮廓，它们像一幅黑色的剪纸挂在天边。我熟悉那图案，它是柬埔寨国家的标志，在国旗和钱币上都能见到。

吴哥窟的院内是一大片的草坪，中间笔直的彩虹桥通向祭坛。此刻，院内已经聚集了很多游客，大部分人向彩虹桥走着。导游引导我们停在外围城楼内侧墙边。他让大家排成一行，顺台阶登上大约一人高的墙腰，坐在沿墙伸展的窄窄的平台上。他信心满满地告诉我们，凭他的经验，吴哥窟最早能见到太阳的地方就是这里。他说，当太阳露头后，再赶往窟前的湖水边，能欣赏到日出的另一番景象。

天边露出了淡淡的光亮，游人们忙着寻找观赏日出的最佳位置，也有人想独辟蹊径，寻找别致的角度取景。一位身材高挑的年轻女子来回走着。她身着休闲运动装，贴耳的金色短发显得精干利落，肩上挎着的两部笨重的相机格外引人注目。她边走边四处观察，不时地端起相机取景对焦，像是职业摄影人。她见我们一排人在高高的城楼墙腰上，人人手捧相机随意地坐着，便选择几个角度，把镜头对准了我们。也许，在她的视角里，这个场面是吴哥窟日出的另一道风景。

东边的天际终于露出了淡淡的红晕，不知何时出现的两道白色浮云像两条丝带飘浮在空中。随着光亮渐渐增强，那红晕的范围越来越大，色彩也越发绚丽动人。不一会儿，古窟左边的丛林后面，红彤彤一片由下而上扩张开来。片刻后，在色彩最浓烈的那个点上，一个圆圆的火球缓缓地探出了头……

人群中传来轻轻的欢呼与惊叹。大家抓住机会，相机快门“咔嚓咔嚓”响成一片。

太阳升起的速度似乎很快，还未来得及定睛细看，圆圆的火球就跃出了那片丛林。导游招呼大家转移地点，去湖边观看日出的倒影。沿着彩虹桥快步向前走约三百米，便来到吴哥窟前的湖边。湖边早已挤满了人，高高低低的三脚架顶着相机围在湖的一侧。好在这里是个斜坡，前面站上几排人，湖中的景象也不会被遮挡。

雨季还未到来，湖水浅浅的，但湖面足以盛下吴哥窟祭坛与宝塔的完整景象。太阳在水中出现了，那是一个明晃晃的红球，转眼间，红球的周围溢出一圈圈光晕，红球渐渐变亮，不一会儿，又放射出几束耀眼的光芒。在这里，朝阳鲜艳的色彩与古窟沉稳的黯然结合在一起，辉映在同一片水面上，完美融合，令人惊叹。

洞里萨湖上的浮客

从暹粒往南，驱车半个多小时，便到了远近闻名的洞里萨湖。

码头有些简陋，一间不太宽敞的房屋，既是售票厅，又是候船室。两架钢木结构的长梯，通往岸边浮动的游人码头。

洞里萨湖是东南亚最大的淡水湖，柬埔寨人称其为“母亲湖”。湖边未经人工修葺、装点的环境较别处很是平淡，却保持了自然生态，别有一番意趣。来暹粒游览的人们，大多都会来这里看看。

乘船进入湖区，需要经过一段约二千米长的水道。每到旱季，一条长长的滩涂就露出水面，把水道与湖区分割开来。滩涂上，生长着一片片低矮的杂树林。树林生命力极强，雨季来临，猛涨的湖水常常把整个滩涂淹没，到了旱季，树林依旧顽强地生长着。水道边停靠着一些破旧的船只，日晒雨淋，好像长期无人问津。在旧船的间隔地带，偶尔可以见到一两间简陋的矮脚屋。几个只穿着裤衩的孩子，沿着湖边斜坡追逐嬉戏，有的则在游泳。水道的宽度不足百米，大小游船很多，每当船只交会，混浊的水波便会猛烈地荡漾开来。

游船右转驶出水道，眼前豁然开朗。湖水变得清澈，湖面广袤浩瀚，一眼望不到边。

游船在湖中行驶，不一会儿就能看到水上人家的小屋，有的独立，有的三五成群。破旧的小屋高高低低，黑压压连成一片。有的小屋前挂着商店的招牌，还有的屋顶矗立着广告。一位妇女抱着孩子靠在自家门边，看着隔壁人家从运输船上卸下货物。当地导游告诉我们，这些水上人家大多是越南难民。为躲避战乱，他们流浪到这里，战争结束以后却无法回去。由于没有合法身份，不允许他们上岸找工作，这些难民的活动范围便被限定在洞里萨湖上，渐渐地，他们也习惯了依靠湖中丰富的渔业资源来维持生计。

游船所过之处，不时有房屋附近立着几根粗粗的木桩，交叉着捆紧，插在水中。经了解，那是水上人家为修建高脚屋准备的材料。

洞里萨湖位于中南半岛的东南部，与湄公河相连。每年 11 月至次年 4 月的旱季，洞里萨湖的水会东南向流入湄公河，此时湖中水浅见底，剩下三千平方千米的湖区，平均水深仅一米左右。而 5 月以后雨季来临，湄公河水位暴涨，汹涌的河水又经洞里萨河倒灌进入湖区，形成一万多平方千米的茫茫湖面，湖区平均水深可达十米以上。每到旱季，湖上人家就抓紧修建或修理房屋。他们在湖边无水地带寻找合适的地方，把木桩深深夯进淤泥里，搭起房架。经济条件尚可的人家，买得起简单的建筑材料，大多数贫困人家搭起顶棚后，就用塑料布或破旧的物品围起四壁。有些穷困潦倒的流浪者，则常年蹲守在狭窄的船舱里，漂泊着讨生活。

我们的游船停靠湖中一座专供客人驻足的平台。见有客人来了，湖上的一些孩子便驾着小船，迅速地向我们围拢来。他们争先恐后地向我们兜售小食品和饮料。这些孩子年纪大约在十至十五岁之间，个个打着赤膊，头发蓬乱，皮肤黝黑，大多很瘦。他们焦灼的眼神让人难忘。

水中平台大约有一千多平方米，地方不大，逗留的游客很多。平台上有两个小小的水池，一个水池内养着鳄鱼，另一个养着一些不知名的鱼，供游人观赏。这里设有小卖部和茶室。两条小黄狗在人群中跑来跑去。游人无心光顾茶室和小卖部，几乎全都登上平台上搭建的二层或三层看台，眺望并拍摄湖上的景色。

正是傍晚时分，天边的晚霞似火焰燃烧着，映红了大片湖水。久闻洞里萨湖落日美丽，百闻不如一见，只见残阳慢慢贴近水面，湖光粼粼，大小船只穿梭在水上人家的房前屋后，构成了洞里萨湖独特的风景。

永恒的泪滴

我曾听人说，德里、斋普尔和阿格拉是印度旅游的“金三角”。到了这里才知道，金三角汇聚了许多古迹和名胜，的确名不虚传。

无论是街道纵横交错、商贩云集的旧德里，还是耸立着欧式与印度风格建筑的新德里，都展现着这个国度悠久的历史文化，这个社会新旧交替及贫富悬殊的种种现象也能在这两座城市一览无遗。

“红粉之城”斋普尔拥有水宫、古天文台、城市宫殿等众多历史遗迹，其中古代藩王于 1592 年建立的琥珀堡给人印象最深。这座由奶白、浅黄和玫瑰红等多彩石料建造的都城华丽宏大。乘坐吉普车爬上山顶的城堡，群山尽收眼底，蔚为壮观。位于亚穆纳河畔小山丘上的阿格拉堡，因传奇历史和精湛的建筑艺术被列入世界文化遗产名录。

在金三角，游人会被许多历史人文景观吸引，流连忘返。我感觉，其中最令人赞叹的是一代帝王的爱情见证泰姬陵。

泰姬陵坐落在新德里以南两百千米的阿格拉，正如万里长城之于中国文明一样，泰姬陵是恒河文化的代表，世界奇迹之一。

我去参观泰姬陵是在一个晴朗的午后。走过一条洁净的通道，穿过一座厚厚的高大拱门，开阔美丽的景象出现在眼前。远远望去，高高的蓝天下，伸展着大片绿草坪，草坪两边，鲜花盛开，绿树成荫。草坪正中，有一条笔直的甬道，尽头是清清的水色和陵墓宽阔的大理石基座。基座约有三四层楼高，晶莹剔透的白色大理石陵墓坐落在正中央。从正面望去，陵墓正中高高的圆顶下有一扇开阔的拱门。门的两边是两个小圆顶，小圆顶下，分上下两层各排列着四个拱门。四根高高的塔柱，同陵墓一般洁白，威武地矗立在陵墓的四周。陵墓两侧不远，分别有两座暗红色一模一样的建筑，两侧的为清真寺。

泰姬陵是莫卧儿王朝帝王沙贾汗为爱妃阿姬曼・芭奴建造的陵墓。阿姬曼・芭奴是一位具有波斯血统的美女，她性情温柔，擅长琴棋书画，二十一岁时与贾汗吉尔国王三王子库拉姆即后来的沙贾汗结婚。在婚后近二十年的时间里，两人相亲相爱，生儿育女，形影不离。1628 年，库拉姆继承了王位。他给自己取了意为“世界之王”的名号沙贾汗，阿姬曼・芭奴同时得到宫中最高头衔泰姬・玛哈尔。然而仅仅三年之后，泰姬就因难产死在随夫南征的途中，时年三十九岁。

泰姬之死令沙贾汗悲痛欲绝。他终日饮酒，不思朝政。为表达对泰姬的思念之情，他决定倾国力为她建造一座全世界最美丽的陵墓。

我脱了鞋，缓缓登上高高的墓基，开始漫游泰姬陵。1631 年 12 月，泰姬陵开始在印度北部亚穆纳河转弯处动工兴建。此地平坦空旷，沙贾汗可以从河上游的阿格拉城堡遥遥望到。17 世纪初期，阿格拉已经成为著名的建筑工艺中心，城里聚集了许多能工巧匠。在众多的方案中，沙贾汗选择了土耳其人的设计：陵墓为八角形，二十四座拱门，一间大厅以及一条通道。主建筑以印度大理石为主要石材，以来自中国、缅甸、波斯和欧洲等地的纯金、白银、钻石、翡翠、红宝石和蓝宝石为饰物。沙贾汗召集本国及外国建筑师、镶嵌师、书法师、雕刻师、泥瓦工等共两万多人参与建设，工匠们以精湛的工艺，在大理石墙壁、门扉、窗棂等部位镶嵌了无数名贵的珍宝，组成华丽的文字和精美的图案。

1650 年，代表世界建筑和设计一流水平的泰姬陵建成。此后，环绕泰姬陵，又建造了其他附属建筑。二十二年的漫长时光，工匠们帮沙贾汗完成了这座世界上最著名的爱情建筑！痴情的沙贾汗还计划在河对面为自己建造一座与泰姬陵一模一样的黑色陵墓。然而，这个梦想没有实现，泰姬陵完工不久，其子便篡夺了王位，他被囚禁在阿格拉城堡内整整八年，每天透过小窗凄凉地遥望着泰姬陵，直至忧伤地死去……

泰姬陵是一座伟大的爱情纪念碑。三百多年过去了，它的辉煌和气势不减，魅力不减。但凡来印度旅行的人，无论行程多么紧张，只要有可能都会安排时间来瞻仰泰姬陵。成千上万的游客怀着尊敬脱去鞋子，轻轻踏上墓基，步入八角形的宽敞大厅，仰望大厅正中富丽堂皇的主体墓园，欣赏这座传奇建筑的每一块石碑、每一片花纹、每一行文字。

我期待一场还原历史的真情演出。夜幕降临，来自世界各地的游人纷纷前往阿格拉市为多幕歌舞剧《泰姬陵》专门建造的豪华剧场。歌舞剧唯美、动人，尾声给我的印象极深。场内灯光渐渐关闭之后，黑暗中，几束金黄色的聚光灯光照射在舞台中央，泰姬陵精美的模型徐徐升起。顷刻间，整个舞台璀璨夺目，绚丽无比。全场顿时沸腾，掌声雷动，经久不息。台上的演员与台下的观众同喜同悲，人人都被这流芳千古的爱情故事感动。

泰戈尔曾经说过，泰姬陵是永恒面颊上的一滴眼泪。古往今来，这滴眼泪作为一代帝王不朽爱情的见证，打动了千百万人。

海上的自然奇观

从芒街往南，驱车六个小时，便到了著名景区下龙湾。

下龙湾是越南广宁省的海湾，距河内七十千米，与中国的北部湾毗邻。这里一千五百多平方千米的海面上，分布有大大小小近三千座岛屿。海面上崖壁林立，峰峦多姿，如诗如画的风景令人目不暇接。

我以前来过这里，知道下龙湾被联合国教科文组织列入了世界遗产名录，后被确认为"世界自然遗产"。2011 年，总部设在瑞士的"世界新七大奇迹基金会"公布了"世界新七大自然奇观"的评选结果，下龙湾以高票领先于阿根廷与巴西边界的伊瓜苏瀑布、韩国的济州岛、印尼的科莫多国家公园、菲律宾的普林塞萨地下河和南非的桌山，排在巴西的亚马孙河之后，名列第二。

又一次站在码头上。眼前，一片法式建筑附近是形状各异的游船，随着水波缓缓起伏。近水被几座小山包围着，如同一块块巨大的屏风将码头区域与广阔的海面隔离开来。

游船绕过小山包，海上景色越发奇丽。眼前豁然开朗——海面被各色山峰、奇石隔开，形成了一片片自然景区。山峰不高，形状各异，有的三五成组，如同画屏；有的孤立水中，似人之侧影、背影……

下龙湾属喀斯特地形，山奇水秀，景色如画，又被称为“海上桂林”。下龙湾与桂林，同样的绿水环抱着青山，同样的峭壁挺拔秀丽，不同的是，桂林山水依托着大陆，是一种风姿绰约的妩媚，下龙湾的奇峰峭壁则散落在宽阔的海面之上，气势磅礴。

阳光透过云层，悄悄地洒落在海面上。微波推送着细浪，折射着太阳的光辉。不知何时，青山绿水之间跃出一叶红帆。那帆一大一小，一高一低，挂在一艘快速前行的船上，像燃烧的火焰，煞是好看。

在海上游览时，不时有渔船赶上来，渔船上的人用手攀着游船船舷或用绳子系住游船某部件，使渔船与游船并行。渔家女捧着塑料小盆，向游船上的客人兜售鲜活的鱼虾。由于许多客人喜欢将午餐安排在游船上，所以游船多备有炊具，游客在海上购买的海鲜，由船主烹调。买卖双方语言不通，但以手势和眼神也能沟通。与友人一起在船上吃午餐，窄窄的船舱内，一条长桌两边坐满了人。虽拥挤，但感觉新鲜，气氛也格外活跃。

天堂岛是下龙湾最靓丽的风景点之一，也是整个海上游览唯一能够登陆的地方。漫步海边，湛蓝的海水在岸边翻卷着细细的浪花。银白的沙滩后边，是大片茂盛的绿色植物。拨开枝叶，拾级登上岛顶，眺望壮阔的海景，心旷神怡。

游船继续前行，远远地，只见海中央现出两块奇石，每块都有三四层楼高。它们凸出海面，彼此相距近二十米，好似两只昂着头、扑棱着翅膀正在相斗的雄鸡！这里名为“斗鸡山”，真是太贴切了。

继续往前，青蛙山、蝴蝶山、马鞍山、香炉山、天门山……奇趣纷呈。一时间，我差点忘了自己是在海上，还以为是在平湖！

火车的诱惑与传奇

辽阔的印度洋上，有一个轮廓酷似一滴水的热带岛国——斯里兰卡。

汽车沿着蜿蜒的盘山路奔驰，穿过一片片绿色的茶园。这里地处热带，然而努沃勒埃利耶群山的怀抱里却四季如春。这条路线不让人感觉疲劳，因为途中不仅可以在有百年历史的马克务茶厂小憩，参观制茶及品尝正宗的锡兰红茶，还可以在山头上早年英国种植园主的避暑胜地驻足，欣赏那里的景色。山谷幽深，草木翠绿，难怪这里有“东方瑞士”之称。

我来斯里兰卡，不为锡兰红茶，也不为它是宝石的聚集地，而是想来一次世界上最原始火车之旅——坐在没有车窗、没有车门，不报站、常晚点的火车上，走过高山和海洋。

高山火车舒适度比我想象的要好一些。火车的外观有点像我们中国 20 世纪 70 年代的那种绿皮车，只不过是红色。这种旧式列车车厢较短，窗框是木头的，所有窗户都开着，直到列车开动，车厢顶部的几部小吊扇才摇着头转起来。

斯里兰卡的铁路大多是英国殖民时期修建的，一直沿用至今，独立后，还没有铺设过新轨。在百岁之龄的轨道上行驶，列车时速通常只有三十多千米。这从一个侧面反映了斯里兰卡生活的慢节奏。

几个中年商贩默默地在车厢里走着，他们有的头上顶着竹筐，有的手中提着篮子，还有的胸前抱着一个纸盒，里边是炸糕之类的自制食品。我发现，乘客对那些食品及价格都很熟悉，他们掏出钱递上去，取了东西就吃，一句话都不用说。

从康提到努瓦埃利亚，是斯里兰卡最美的两条火车路线之一。一路上，长长的红色的火车蜿蜒行进在山里，行进在原野、树林与茶园之间。远处形状规整的茶园、近处枝叶茂密的树林在眼前交替，一会儿很远，一会儿触手可及。山顶列车转弯，外侧的洼地里一片宽广的茶田映入眼帘，茶田顺着山势，一层层铺展在白云下，直到很远，十分壮观。斯里兰卡的地理气候，适宜优质茶树生长。当年，英国殖民者建造高山铁路，就是为将大量优质茶叶、咖啡等从中部山区运往外面的世界。

斯里兰卡被人称为“印度洋上的一颗明珠”。这里的海岸城市，很多以风景优美、水清沙白著称。而最有特色的莫过于行驶在海岸线上的海上火车了。海上火车正是我梦想的模样。铁皮车厢内沿着边缘装着一圈固定长条凳。车厢没有门，也用不上窗，简洁、原始、干净。

去往海边的铁路旁聚集着用简易建筑材料或废旧物品搭建的棚户。几个女人正在晾晒衣服。据说，那是不久前来到这里的难民。又有几个皮肤黝黑的年轻人朝火车大声呼喊，嬉皮笑脸的样子。

火车驶入了“海里”。车外就是茫茫印度洋，白浪翻卷。阵阵海风吹入车内，带着淡淡的腥气。叫“海上火车”，但铁轨并不是架在海上的，只是距离海岸线非常近，最近的地方仅有一两米，向外看去，浪花近在咫尺，给人的感觉就像行驶在海上一样。

在一百岁的铁轨上行驶，自然快不起来。有当地人站在车门口，一只手抓住栏杆，向外探出身子，将人“挂”在车门上，感受“漂”在茫茫大海上的快意。这种举动引起外来游客一片欢呼。大家纷纷效仿并抢着拍照。

多年前一位朋友告诉我，斯里兰卡被很多旅游杂志誉为“拥有世界最美火车线的国家”。我觉得这并非虚名。

济州风情

济州岛是韩国最大的岛屿，岛呈椭圆形，由火山活动行成，处处岩浆岩，地貌十分奇特。这里温和湿润的海洋性气候养育着多样的亚热带植物，加上火山活动塑造出的绮丽多彩的自然景观，赢得了“韩国夏威夷”的美誉，吸引了潮水般的游客前来观光。

初夏时节在岛上小住两日，走马观花，除海滨的天然美景外，还见识了这里淳朴的民风民俗。

据说，远古的时候，有三位公主带着牛马和五谷的种子从大洋彼岸乘木舟到了济州岛，公主们在海边与三位仙人相遇并建立了村落，繁衍后代，定居下来。著名的景点“三姓穴”就与这个传说有关。

这里一千八百多平方千米的土地上，独有的风俗习惯、方言与文化代代相传。

济州岛一直以“三多三无”闻名：石头多、风多、女人多，无乞丐、无小偷、民宅无门。

因为是由火山活动形成的，济州岛石头、洞窟特别多，甚至还有“还活着的岩洞”。古济州人就是在这片石头地上白手起家的。散布岛上的石屋草房似乎在诉说着这里的先民的艰难生活。

鱼虾等一直是岛民重要的食物来源。由于以前生产工具简陋、安全设施落后，出海捕鱼遇难身亡的比例很高，所以岛上的女人多于男人——男人是出海捕鱼的主力。生活艰难，女人要跟男人一起劳作，因此各种劳动中都能看到女人的身影。

“海女”就在这种背景中诞生。在济州岛上游览，牛岛、城山日出峰附近的海面上，能看到距海边不远处漂浮着的橙色球体，那是海女在水下作业的标志。海女们下海捕捉鲍鱼、贝类，采海草等，防水镜、浮力球及盛装海物的网兜便是全部装备。她们憋足一口气，潜入波涛汹涌的大海，紧张地捕捉和打捞各式海鲜。过去海女下海是为了食物，如今是为了卖海鲜给游客，“海女文化”也得以保存下来。据说，从事此种特殊渔业的女性除济州岛外，日本个别地方也有。

济州岛淳朴的民风给我印象很深。早年艰苦的生存条件使这里的人形成了邻里互助的习惯，没人偷窃，自然也就没有必要设置大门。主人外出时，只在家门口处搭上一根横木，以示家中无人。当地称横木为“正栏”，其实不过就是一根杆罢了。有些民宅门口会搭上三根横木，这三根横木各有其意：两根横木表示主人早出晚归；三根则是说主人出远门，要多日才能返回。

这里的民风民俗在济州岛民俗村博物馆得到集中展示。民俗村有一百多间传统韩屋，是将旧房屋一块一块石头、一根一根柱子地拆了搬过来，再按原样组装起来的。民俗村还原了济州岛的往昔，生活用品、农具和渔业用品，以及相关资料等，无不让人领略到纯净、质朴的济州风情，感受到世外桃源之美。

在文莱的水上人家做客

到文莱旅行，人们都会去水上村寨走走。文莱的水上村寨历史悠久，极具特色，素有“东方威尼斯”之称。

艾尔水村是世界上最大的传统水上村寨之一。文莱河从首都斯里巴加湾市市区流过，形成一个宽阔的河湾，水上村寨就坐落在河湾水面上。

我站在斯里巴加湾的街道边，隔河遥望水上村寨。对面沿河的几排建筑涂着深红 、浅灰或是其他淡淡的颜色。水上村寨的所有建筑底部都有石柱或木桩支撑，托举在水面之上。它们如同一片迷宫。

传说说，很多年以前，文莱是一片茂密的原始森林，野兽横行，蛇蝎遍地。为了生存，文莱人想出了在水上栖身的办法。他们利用水边生长的红树，高高地架起窝棚，一个接着一个，形成了最初的水上村落。据说，最早的文莱国王就是在水上的村寨里度过了一生。因此，水上村寨被人们看成王国的发源地。

坐快艇过河，几分钟便到了水上村寨的码头。步入村寨，才发现规模很大。不同材质的各式建筑，高高低低地挨在一起。有一些新建筑，色彩艳丽，宽敞明亮，与陆地上的民居没有什么区别。还有一些房屋东南亚特色鲜明，格外惹眼。也有一些旧房屋由粗壮的木棍支撑着，里面仍旧住着人。那些年久失修的，就堆放着杂物，任凭风吹雨打。脚下窄窄的通道，辗转起伏。房屋之间由简单的小木桥或栈道相连接。

这里的水上人家显然生活安宁，对游客也相当友善。我走进一户普通人家。一间大屋分作三个前后串联的房间，墙面洁白，地上铺着彩色地砖，电视、冰箱、微波炉、电饭煲等家用电器一应俱全。一些房屋外表简陋，实际上内部装修十分讲究，生活也是现代化的。我去拜访的这户人家，家具与装饰都还有些古色古香的味道。女主人看到我们进门，礼貌地起身欢迎，一边让座、倒茶，一边为我们介绍村寨的情况。

文莱水上村寨面积大约 2.6 平方千米，有三万村民，大多为中低收入者，也有一些习惯在水上生活的高收入者。他们绝大多数是马来族人，有许多人在为政府工作。

女主人边讲边带我们来到屋后的阳台上，阳台与对面的房屋近在咫尺。脚下窄窄的河道是水上村寨的交通要道之一。恰巧，远处有一艘快艇一路吼着冲出了小巷，尾部拖出深深的水痕，两边溅起大片浪花。我们有些惊恐，女主人却视若无睹。她慢条斯理地讲着，指给我们学校、邮局、医院、警察局、商店和餐馆的位置，讲解它们的建筑特色。

文莱河两边停泊着许多小船，那就是传说中的水上巴士。乘坐水上巴士游走在文莱河上，在水上村寨迷宫中穿行，欣赏木楼窗前盛开的鲜花，看孩子们的笑脸，则另有一番乐趣。

马六甲的娘惹文化

从新山关口离开新加坡，汽车驶过跨海大桥，便到了马来西亚的马六甲。这是一个海边城市，因地处马六甲海峡而得名。

马六甲地方虽小，却到处是古迹。这里是热带雨林气候，炎热潮湿，植物茂盛。一片片棕榈树和芭蕉林，掩映着一座座窗台装点着鲜花的小楼。绿绿的草地上，不时能见到昔日残留下来的小钢炮。

马六甲河的东岸是一座整洁的广场，广场周围都是荷兰式的红色建筑，有教堂、钟塔和维多利亚时代所建的喷水池……建于 1650 年前后的教堂，是荷兰人在东方留下的最古老的建筑，三百多年来，它一直是政府机关所在地，20 世纪 80 年代才改为马六甲博物馆。几百米之外，有一座圣地亚哥城堡，城门上雕有粗犷的图案，顶端还有长方形的小拱门。这座葡萄牙人于 16 世纪中期建造的葡式建筑，存在了不到一百年，它毁于荷兰人的炮火，仅存这座城门不倒，被当地人视为马六甲的精神象征。

马六甲重要的地理位置吸引着世界的目光，也吸引着华人来此经商。

马六甲的郊外有一座占地一百六十公顷的小丘，上面共有一万两千五百多座坟墓，据说，这是海外最大的华人墓地。明代以来，开始有华人来到这里，他们在这片土地上生活，繁衍生息，代代相传。“峇峇娘惹”的传说今天依旧在当地华人中流传。马来语“峇峇娘惹”是指15世纪初期定居在今马六甲及印度尼西亚、新加坡等地的中国明朝商人与当地马来人通婚生下的子女，子女中的男性称“峇峇”，女性称“娘惹”，统称“峇峇娘惹”，也就是土生华人。

我走进一座外观普通的两层楼房。这座传统的土生华人住宅坐落在一条狭窄的小路上，室内装修成典型的19世纪峇峇娘惹民宅，这里就是马六甲娘惹博物馆。博物馆以文字、绘画和照片的形式介绍华人与马来人在马六甲融合的历史，室内布置则展示生活场景。前来参观的游人络绎不绝，身穿娘惹服饰的女工作人员忙前忙后接待、引导来宾。

博物馆的前厅方方正正，青砖铺地，木梁架。两边墙上男左女右地悬挂着历代宅主画像。宽敞的房间里则摆放着镶嵌珠母贝，雕刻融中式、维多利亚式和荷兰式风格于一体的图案的中式硬木家具。各式摆件、饰品精致典雅，尽显奢华。

娘惹在马来半岛拥有较高的社会地位，通常家境富足。她们的穿着打扮有中国古风，十分讲究。娘惹服饰是娘惹文化的重要符号之一。娘惹服饰多为轻纱制作，在马来传统服装的基础上，加上中国传统的花边。配色上，当地人热衷采用中国传统的大红、粉红，加上马来人的吉祥色土耳其绿。衣襟上或衣服的边角位置往往点缀中国传统的花鸟鱼虫或龙凤呈祥图案。饰珠鞋在娘惹服饰中也很经典。饰珠鞋的工艺是用极小的彩色珠子在鞋面缀成图案，很耗费时间。娘惹们自小学习刺绣、串珠等手工艺，她们往往会给自己准备一些饰珠鞋，在婚礼上当作礼物送给公婆，以展示自己的乖巧贤惠与聪明能干。

娘惹也是一种饮食文化。马六甲是最早有华人定居的地方，娘惹菜最正宗。在马六甲一条繁华的商业街上，有一间福建华人后裔开设的娘惹餐厅。那里的娘惹菜主要是中国菜与东南亚菜的融合体，如甜酱猪蹄、香辣炒鱼片、竹笋炖猪肉等。由香蕉叶、椰浆、糯米制成的娘惹糕点也很受客人欢迎。在我看来，娘惹菜就是加入了马来菜元素的中国菜。老板娘是一个热情的中年女人，见到中国人如遇知己，每道菜上桌，她都亲自详细地介绍。

在衣饰、饮食等方面受到马来文化影响，在族群认同等方面又凸显出中国传统，这就是娘惹文化。来马六甲旅行的中国人，对娘惹文化普遍感到亲切。

站在亚欧板块的最南端

新加坡是个梦幻般的袖珍国度。从地理位置上来说，新加坡是亚欧板块最南端的一个国家。

当地朋友调侃说："只要站在摩天轮上，就能将新加坡整个国家的自然景观看个遍；在这个城市开汽车，如果是直行，无论从东到西、还是从北到南，车速稍快一些，不需要一个钟点，车子准会冲到海里去。"

按照朋友的推荐，我登上了新加坡市内一百六十五米高的摩天轮，从空中俯瞰这座花园城市。

随着吊舱缓缓上行，海湾中的水上舞台、艺术科技馆、榴梿大剧院、海湾温室植物园、金沙大酒店等著名景观尽收眼底。最迷人的要数蜿蜒的新加坡河。几百年来，新加坡河可谓历尽沧桑，它见证了殖民统治的结束，见证了一个新兴城市国家的诞生和发展。如今，这条河已经成为新加坡重要的旅游景点和娱乐中心，鱼尾狮公园、新加坡旧国会大厦和维多利亚纪念堂等均在河畔。

吊舱升至最高点，视野极为开阔。向北遥望，马来西亚辽阔的国土隐约可见；回首南眺，印度尼西亚的点点岛屿历历在目。顺着浪淘沙岛的方向极目远望，陆地的最南端与大海连成了一条直线。

我很想到亚欧板块陆地的最南端去走一走看一看。在浪淘沙岛，我登上了南行的轻轨列车。短短两站，列车便到了终点。

终点站就在大海的边上。辽阔的南中国海，一望无边。不远处，一艘艘飘扬各色旗帜的巨轮静静等待着进港的指令。

海滩是一片供游人嬉戏的乐园，高大的椰子树、绿色的芭蕉以及一些我叫不上名的热带乔木蓬勃旺盛地生长着。树林边一块块水塘被光洁的沙子包围着，形成了天然的泳池。几个人穿着泳衣，慵懒地躺在沙滩上晒着太阳。也有人泡在浅浅的海水中。水塘与水塘之间，是长绳和短板铺就的浪桥。临海木结构的观景平台上，几个游人正摆着姿势照相。海滩不算宽广，但让人感到温馨。免费的小巴士轻快地穿行在林间窄小的道路上。这种小巴士去往沿海各个景点，为游人提供了极大便利。

沿着海边往陆地的最南端行走，不足十分钟，就到了尽头。

有一片不大的丛林，丛林之南就是大海，北面则是一弯碧水。海边有一条小路，路旁矗立着一块半人高的石碑，上面刻有亚欧板块示意图，标着“亚欧板块最南端”的字样。

驻足于此，完全没有置身天涯海角的孤独与苍凉之感，也不会有“陆止于此，海始于斯”的豪迈，而是感受到闲适与浪漫。如果不去望远海，就像在城市中某个公园里一样。我站在石碑前，抚摸着石碑上亚欧板块示意图最南端的那个点，好似在梦中一般。

这时，一对白发苍苍的华人夫妇相互搀扶着，沿着海边小路缓缓走来。他们面向大海久久地凝望着。得知我来自中国，他们十分激动。老人告诉我，他祖上是福建人，他们现在和儿孙一起生活在马来西亚。他们听自己的父母说，他们的先人为了谋生下南洋，曾在马六甲与新加坡之前的海边生活过。

听着两位老人的述说，我的眼前浮现出如滔滔逝水一般的过往……

地中海边逛老街

被黑海、地中海围绕的土耳其气候温和，风景宜人。

安塔利亚位于土耳其的西南部，始建于公元前2世纪。在这里，辽阔的地中海与古城脚下大片断崖壮美地碰撞着。

城市广场建在一片高地上。凭栏望地中海，脚下是密密匝匝的红色屋顶，一直延伸到海边，湛蓝的海水在烈日下泛着点点银光，那银光仿佛要跳到岸上来。视线尽头是一片起伏的灰色山峦，山色深浅错落，就像画笔轻涂出的曲线。

安塔利亚有很多历史建筑值得观光。最富有情趣的地方莫过于老城区卡雷奇。卡雷奇沿着地中海边的山崖伸展，街道起伏，纵横贯通。这里十分温馨，是个很容易让人爱上的地方。

顺着依山势铺筑的道路向下溜达，窄窄的老街两旁，卖地毯、皮衣、土特产、工艺品及纪念品的商店一家挨着一家。卡雷奇是个没有受到过度开发冲击的地区，历史建筑保存完好。漫步在古城堡通道改建成的老街，仿佛穿越时光回到往昔。

老街历史悠久。在奥斯曼帝国统治这里前，罗马人、拜占庭人和塞尔柱人的军队都驻扎过，留下了许多古迹，一些古建筑经过修缮，依然保存完好，有的改建成了旅馆、酒店。老街商铺众多，但并不嘈杂。商铺之间，浅褐色砖墙的民居前后，是一条条深深的小巷，静静的，被大树的枝叶掩映着，别有一番风情。街边一间小咖啡屋前，一位上了年纪的老人独自端坐着。见到我，他微微点头。老街给人的印象，就像这位老人，安详淡定，气质优雅从容。

转弯处一侧墙上悬挂着许多瓷盘，瓷盘上的图案线条流畅，色彩鲜明。步入店堂，货架上瓷盘琳琅满目，室内则空无一人。出门打听，原来店主同时经营着二十多米外的另一间店铺，眼下正在那里忙碌。见到我们，店主热情推荐，还抱出一摞摞存货摊在地上，让我们挑选。

土耳其地毯闻名于世。老街上的地毯店铺里挂着各式规格的地毯，引游人驻足观赏。我去的一家地毯店，主人是个穿戴整齐、留短胡须的男人。他自豪地说自己到过中国，还指着墙上有红月牙与红五星图案的“土耳其—中国团结友好协会”旗帜告诉我，他和他英国籍的妻子都是这个协会的工作人员。我们语言沟通不算顺畅，借助手势表达意思。当我们在这面旗帜前合影时，会心的微笑完全说出了心中所想。

老街的道路大都用石板和碎石铺就，顺着山势婉转而下，条条道路都通向热闹的游艇港湾码头。

海边有一片绿树掩映的休闲区，一条条长长的木板凳坐着当地居民和游人。当地人称这里为吉姆夫利耶广场。广场面对着美丽的地中海，码头迎送着一艘艘游艇和“海盗船”，十分繁忙。“海盗船”专门为游览地中海的游客服务。码头周边是一家家土特产商店、便利店、咖啡店和餐厅，游客的需求在这里几乎都能得到满足。

吉姆夫利耶广场右侧有一个百余平方米的观景平台，从那里可以看到罗曼港湾。罗曼港湾从公元前 2 世纪起就是安塔利亚的生命线，当地海上运输的枢纽。20 世纪 90 年代西边十千米处建造了新的港口，旧海港就变成了观光游船的码头。因为背靠古城老街，逐渐成为土耳其最受欢迎的休闲中心。港湾边保存完好的城堡，及城堡前出海口白色的灯塔，标志着这个港口悠久的历史和曾经的繁荣。

眼前的地中海波光粼粼。从西班牙的巴塞罗那到土耳其的安塔利亚，我曾从东西两个角度欣赏过它的容颜。一样湛蓝的海水，一样浪漫的气息。

第五辑

南极，难及

南极，我要落地

从智利首都圣地亚哥出发，往南飞行三个小时，便到达了世界最南端的城市——麦哲伦海峡西北岸的蓬塔阿雷纳斯。

旅行团领队在大巴车上通知大家："现在是下午四点钟。到达酒店，取了房卡后，请大家先去酒店二楼，领取探险公司赠送的防水抗寒冲锋衣和免费借给大家使用的防水靴。然后每个人将自己准备带往南极的行李送到指定地点称重，托运行李限十五公斤，随身行李五公斤。下午六点，全体人员在会议室参加出行会议。"

一 南极行程，探险公司接管

酒店二楼的一间大会议室里挂着一块宽宽的投影屏幕。屏幕上，一艘船底乌黑、舱室淡蓝的探险船停在冰天雪地中；"南极，飞越德雷克"几个大字格外醒目。

从上海出发，途经美国到秘鲁，再转机到智利，一路走来，十二人的小集体在这里汇入了百余人的大团队。我们这些人都是从中国各地来到蓬塔阿雷纳斯的，明天将乘华人包机飞跃德雷克海峡。

到达南极后，我们将乘冲锋舟前往停泊在大海中的探险船。探险公司为华人游客包租了探险船一周，以解决大家南极探险期间的吃住行问题。

主持会议的是一个叫艾丽的女主管。她站在屏幕前，逐一介绍她团队的人员。艾丽是美国人，大约四十多岁，中等身材，短发齐耳。她不苟言笑，说话办事直截了当，给人可以放心托付的印象。她一开口便宣布："从现在开始，你们的南极探险之旅由本探险公司负责。"接着又说："到达南极后，你们的一切行动听从探险队长和船长安排。"

在出行会议上，艾丽从航班信息说起，将飞机降落地点、乘坐冲锋舟须知、南极合理穿着、保护原始生态和野生动物等等一一讲给我们听。她特别强调，南极的环境不适宜人类居留，且隐藏着难以预知的风险，而南极的紧急救援及撤离是非常困难的，需要用飞机，还可能会等待多日，请各位照顾好自己。

从艾丽的讲解中我们得知，南极乔治王岛上，有一条推平沙石地建成的仅能供小型飞机起落的简易跑道，全长一千六百米，不足一般机场跑道的二分之一，明天我们将去那里。

晚上九点，酒店大堂公布次日的航班以及相关信息，以便大家提前做好准备，日日如此。当晚的信息说：

2019 年 2 月 4 日

上午九点三十分至十点，遗留的行李送至二楼会议室。十点三十分，乘大巴车去机场。十二点三十分，第一航班起飞。

二　等待飞行窗口期

去往天边，去往人类社会之外的地方，让大家十分兴奋。

全体人员在规定时间内将不带往南极的行李寄存在我们下榻的这家酒店里。

上午十点三十分,我们提着装有黄色冲锋衣、黑色高筒靴的袋子，带着过过秤的随身行李，登上前往机场的大巴车。

在机场，行李再次过秤。换票、安检之后，我们便坐在候机楼里等候。

绝对服从安排、统一迅速行动，让我想起我在部队度过的日子。

此时的南极是夏季。这片地球上最偏远、与世隔绝的大陆，夏季的气温一般在零至五摄氏度左右。智利与中国时差十一个小时，我们都在计算着——今天是中国的大年夜，远方的亲人正吃着年夜饭，看着春节联欢晚会，而我们正在准备登陆南极，这是多么奇妙啊!

在机场等候了四个小时，下午三点的时候，我们接到通知:“飞行气象告知，今天南极没有飞行窗口期，请大家带好行李返回酒店。”

大家都有些摸不着头脑：室外阳光灿烂，怎么没有飞行窗口期呢?

酒店二楼的大会议室里，艾丽向大家解释今天不能飞行的原因：乔治王岛距离我们所在的彭塔阿雷纳斯一千二百五十千米。南极风云变幻，从上午开始，那里一直被雨雾笼罩着，没有消散的迹象。

艾丽说，飞机在乔治王岛安全降落的最低气象标准是：云底高二百四十五米；水平能见度一千六百米；跑道无雪无冰；侧风速必须小于二十节。她强调，能见度、云底高标准两者缺一不可。航空公司根据气象走势，确认今天没有飞行窗口期。艾丽还说，今天南极的海面上刮起了八级大风，飞机就算飞到了乔治王岛，冲锋舟也无法将人送到停泊在海面的大船上去。

当晚九点，酒店大堂挂出明天的出行公告：

2019 年 2 月 5 日

由于天气未达飞行的最低条件，我们还没有收到航空公司准确的飞行时间。

九点三十分请前往二楼会议室参加须知会。

探险精神与我们同在！

三　前方发生了什么

早晨的天气很好，风和日丽。简短的须知会议主要是通报大家都关注的飞行消息。

艾丽身着黑色马甲站在大家面前，讲解当天的飞行气象。她说："现在能见度七百米，云底高九十一米。但是，在不达标中还是有窗口期的。据预判和分析，下午两点钟能见度可达八千米，云底高可达二百一十三米。航空公司表示有信心飞行。"

她举起右手："下午一点集合去机场。第一航班计划三点三十分起飞；第二航班计划三点四十五分起飞。每架飞机乘坐六十五人。登机牌提前打好发给大家。"

下午三点，我们终于登上了飞往南极的包机。大家的心情非常激动，机舱里满是欢声笑语。正值新春佳节，许多人担心到了南极通信讯号不好，无法及时将消息告知亲友，还有的人担心来不及赶在初一给亲友拜年，纷纷在飞机起飞前将“我在南极给亲朋好友拜年”之类的信息发了出去。

从舷窗向外看，南美洲绿色的山峦渐渐远去，堆积着皑皑白雪的山头不断涌来。远处，冰川移动留下的线条与痕迹清晰可辨。

飞机上用午餐，不少人举起了盛满红酒的杯盏，有的人则拿着罐装啤酒，庆贺着新春奔赴南极的壮举。大家都觉得这一天将成为自己一生中最难忘的日子。

一个多小时后，广播突然响了起来：现在播送通知：乔治王岛上空气象变化，无法降落。现在飞机开始返航！

“返航？”有人目瞪口呆。

“哎呀！”有人大声叹息。

“怎么会这样？”有人问自己，也问别人。

机舱内骚动起来。然后是叹气，再之后，渐渐地没了声音。大家不知道该说什么好了。

飞机返回彭塔阿雷纳斯机场。到达大厅后，艾丽已经在那里。大家围了上去。艾丽说：“飞机起飞后，我一直在机场的飞行指挥室里关注天气状况。返回是无奈的选择。回酒店后我们会召开会议，让大家了解发生了什么，下一步我们该怎么做，还会有什么状况发生……”

四　寒风凛冽的黄昏

还是酒店二楼的那间大会议室。

艾丽告诉大家，未来二十四小时是一个关键时段；现在情况不好，云底高七十米；明天上午十一点情况可能好转；今晚九点会更新飞行气象消息；明天上午八点才能准确地知道是否能飞。

明天是最后一次机会。

会场的气氛有些沉闷。

当得知探险公司规定，团队连续三天出行失败就取消南极登陆行程时，一些人提出了质疑：

“为什么不计算好气象窗口的提前量？为什么不组织我们在机场等待？这样可以随时出发！”

“南极行程有七天，为什么只有三次出行机会？”

“我们很多人专程飞来这里，来回五十多个小时，不去南极，又没有到预定的航班日期，怎么办？”

也有人在私下里议论，说这次登陆不成，不知此生还会不会有机会再来。

艾丽耐心地听着，脸上镇定不变。她不紧不慢地回答大家的问题。她说，航空公司的专家是这个领域最权威的人，他们会做出最正确的决定。这家航空公司只飞蓬塔阿雷纳斯到乔治王岛，靠这条航线吃饭，如果能飞，为什么不飞呢？她强调说，航空公司在尽他们最大的努力把大家安全地送到南极。

尽管艾丽没有详细说明为什么只有三次机会，我们也大致能理解：南极是世界上最大的荒原，寸草不生，吃住行都得在船上。南极只有短暂的夏季可以登陆，每个团队在南极探险的时间有限，且团队与团队之间衔接紧密。如果只在最后的一两天登船，行程太仓促，大家恐不满意，管理方面也会有难处。

可是，来自中国各地的我们都是提前半年甚至一年报名参团的，很多人从自己的城市不远万里奔来，就是为了与南极见上一面。有人当场向艾丽提出，无论时间长短，只要能在南极大地上站一会儿，也行啊！

黄昏，寒气笼罩了蓬塔阿雷纳斯，凛冽的寒风吹起，气温陡然下降。

晚上九点，酒店大堂照例挂出第二天出行情况公告：

2019 年 2 月 6 日

航空公司消息，明天下午可能有飞行窗口，但是需要确认，明天早上九点之前才会最终决定是否可行……

九点请前往二楼参加须知会。

探险精神与我们同在！

夜深了。探险公司的工作人员与中国旅行团的三位领队还在商讨着对策，研究如果明天登陆失败，如何分流人员及就地组织游玩。

五　南极，南极，我要落地

去南极是我多年的梦想。我想站在那片与世隔绝的大地上，体验一下置身人类社会之外究竟是什么感觉。

我在蓬塔阿雷纳斯遥望世界的尽头。

南极是一片完全被浩瀚的大洋环绕的土地。去南极旅行，也可以乘船从水上走。据说，从新西兰南面的因佛卡吉尔小镇出发，在新西兰南岛最南端的布拉夫登船，经斯奈尔斯群岛及麦夸里岛，漂洋过海，可以抵达南极。

目前，去南极的游人九成以上会选择从南美洲出发。那是因为南美洲是距离南极洲最近的大陆。从阿根廷最南部的城市乌斯怀亚乘船，过德雷克海峡，可以游览南极半岛。

德雷克海峡位于南美洲最南端和南极海的南设得兰群岛之间，

紧邻智利和阿根廷两国，是南美洲和南极洲的分界线。海峡上空盛行西风，大洋的东西环流在这里汇合，一年三百六十五天八级以上风暴，海峡内则聚集着太平洋和大西洋的飓风狂浪。而且，海峡内任何季节都可能出现漂浮的冰山。这道终年狂风怒号的海峡，曾让无数船只在此倾覆，"魔鬼西风带"令人望而却步。即使无惧死亡，两天两夜在风口浪尖上颠簸，也不是一般人能承受的。

我选择乘坐飞机飞越德雷克海峡，主要就是想躲开晕船的困扰。

天气决定南极探险之旅能否成行。飞行气象允许，即刻可以飞；没有飞行窗口，飞行计划随时都会被取消；途中返航丝毫不新鲜。在探险公司工作的华人赵女士说，每年夏季，公司都会接待大约十个飞越德雷克海峡的团队，飞行的成功率为80%。也就是说，那些登陆不成功的团队，都阻于蓬塔阿雷纳斯，不得不取消南极行程。

这一夜，我无法入眠。

六　飞越德雷克海峡

刮了一夜的风。早晨，蓬塔阿雷纳斯的上空阴沉沉的。从麦哲伦海峡望出去，远方天际线上飘浮着一抹淡淡的金黄。

酒店二楼会议室。

上午九点的出行须知会，如同室外的气温，不复先前的热烈。艾丽告诉大家：远方的探险队员在南极海边的冲锋舟上等待我们几天了。今天，有一个窗口期，可以飞行。我们提前去机场准备着。十点乘大巴出发，预计在下午一点半，第一航班可以起飞。

探险活动的中方组织者是北京的一家旅行社。这个上午，领队第一次走上讲台，简要地讲了几句话。他告诉大家：我们这次南极探险行程，一年半之前就开始筹划了，有一个基本预案，如果今天出行不成，将终止南极之行，带全体人员去智利国家公园游览。而回国后，会抓紧办理南极船票的退款。明天要是走不了，如果有人想转道去阿根廷乌斯怀亚乘船，再次争取前往南极，他们愿意协助办理；如果有人准备下一次再通过旅行社报名来南极，或者以后参与旅行社其他旅行项目，他们会给予优惠。

上午十点，我们再一次乘大巴去机场。照例换票、安检、等候。下午一点二十分，终于等来了登机通知。

有了上一次中途折返，大家也不多说什么了，只是约定在这次航班上午餐不喝酒——把酒留到南极的船上再喝！

飞机渐渐飞离南美大陆最后一块陆地——合恩角，那一只只延伸到海中的锯齿，不知是礁石还是悬崖绝壁。从舷窗远眺，德雷克海峡的海水蓝得发黑。阳光照耀下，海面翻滚着一堆堆白浪，不见一艘船，一望无际的空旷。

我在默默感叹——

瞬息万变的天空
不知哪一片云彩有阳光的缝隙
千里万里追随不息
只为地球上活在原始时光中的那一片土地——
心中的谜

哦南极
那样难及

午餐时候真的没有人喝酒。

乘务员收拾餐盘之际，驾驶舱的门开了，出来一位金黄头发、满脸胡须，身着白色制服的高个子飞行员。

我的心一下子提了起来：昨天就是这个时候通知返航的。

飞行员站在通道的中央，大声招呼女乘务员，就在乘务员回头的瞬间，他张开双手，向上举了举，然后用右手的食指用力向下点了一点。我看懂了：他在告知乘务员做准备，十分钟之后飞机降落！

飞机上的人全都看懂了！掌声、欢呼声顿时响彻机舱。

气氛紧张而热烈，大家纷纷换上冲锋衣，套上防水靴，全副武装起来。然后，大家目不转睛地望着窗外渐渐临近的南极洲，兴奋地等待着飞机落地。

人类社会以外的地方

遥远的南极洲，被浩瀚的汪洋包围着，与世隔绝，是一片远离人类社会的荒原。

2月，南极的夏季，我从地球上最南端的城市、智利的蓬塔阿雷纳斯登机，飞越德雷克海峡，前往南极的乔治王岛。空中飞行将近两个小时后，我看到了这片梦中的土地。虽说是夏季，气温也还是很低，风也凛冽，据说，这时这里气温一般都在零摄氏度左右。

堆积着冰块的海边，几个包裹得严严实实的人坐在黑色的冲锋舟上，见来了客人便双脚踏进海水里，一步步向我们走来。我们模仿着他们走进海水中，面对大海坐在冲锋舟的边沿上，然后转动身体，将脚从水里慢慢提上来。

南极洲是地球上不曾被开发的大陆，冰天雪地，寸草不生。我们在南极的生活基地是一艘停泊在大海中的极地探险船，由于南极没有码头，大船靠不了岸，只能由冲锋舟来回摆渡。

海水蓝得发黑，洁白的冰块漂浮在海面上，不时可见大冰柱从水下冒出头来。冲锋舟行驶不足十分钟，停在大船垂直落下的钢梯前，两名接应人员分别站在梯子的两边，将我们一个一个从颠簸起伏的冲锋舟中拎上钢梯。

这是一艘名叫“海洋奇遇号”的探险船，能容纳百人。探险船不大，生活设施却很全。有套房、头等舱、普通舱等五种规格的客房，分设在上下三层。所有客房都有盥洗室，每层也都有公用卫生间。大小餐厅、图书室、小卖部、医务室、健身房等一应俱全，虽然规模都不大。餐厅三餐为西式自助，晚间供应酒水。另有现磨咖啡、各式香茗、冷热水和小糕点，二十四小时供应。每天晚上，多功能厅是船上最热闹的地方，大家聚在一起，交流各自相机或手机中的照片、搞联欢、听南极历史或生物知识的讲座，有时也看电影。

探险船就是一座流动的宾馆，根据游客在南极的行程路线和活动范围，在白天游客离船或夜间游客休息时转移到下一个活动区域。

清晨，一艘艘冲锋舟被吊放到映着冰山倒影的海面上。探险船船员先驾驶着冲锋舟在静静的水面试行，在平静的水面上拖出一道道美丽的弧线。

游客外出活动，组织管理十分严格。听到广播里分组的通知以后，游客经机扫左臂上的二维码登记后离船，靴子消毒后才可以下到冲锋舟上去。返回船上，每人也都要靴子消毒，机扫二维码以确认如数归来。每次外出返回，必有一杯热腾腾的姜茶在等着你。

南极大地，以特殊的宁静和荒凉的美给你震撼。

冲锋舟在大海上巡游，不时会被一大片漂浮的冰凌包围，冰凌高高低低白成一片，仿佛龙门阵，让你找不到出路。好在船员个个都久经沙场，让大家近距离欣赏到色彩奇幻的蓝色冰山，冰上海豹睡姿，鲸鱼露出水面的巨大的脊和尾，等大家回过神来，冲锋舟也脱离了冰凌的包围圈。

必须乘坐冲锋舟才能到达岛屿。摇摇摆摆的企鹅、慵懒的海豹等，在南极的岛屿上随心所欲地生活着。在这里可以看到帽带企鹅、金图企鹅和阿德利企鹅，也能看到韦德尔海豹、食蟹海豹及一种叫“南极海狗”的海狮。没有人会伤害它们，它们对人类也没有敌意。有时，几只企鹅会结伴迎面而来。每到这时，我们便自觉地给它们让路，因为，它们才是这片土地的主人。

南极蓝

南极的色彩，也许是地球上最枯寂的色彩。这个人类社会以外的地方，寸草不生，片叶不长，单调得只剩下盖着的天、铺着的地。

冰雪覆盖的南极大地每年盛夏时节，气温在零至零下五摄氏度的日子里，群山或礁石才显露出黑色骨架，而大海中依然到处可见漂浮的白色冰凌。

摇摇晃晃的企鹅、慵懒的海豹是这片大地的主人，它们的身影也是白一块、黑一块的。就连海中的鲸鱼，偶然在水面上露出脊背、竖起尾巴，也全是闪着光的黑色。

其实，黑和白并不是南极的全部色彩。在我的心中，南极还有一种罕见的绚丽。

南极海面漂浮的冰凌中常有冰山。冰山高高低低地耸立在涌动的冰凌之上，在洋流和大气的作用下，天长日久，自成一体。它们有的如石柱，有的似平台，还有的形同山洞、仿若花朵，造型千奇百怪。

最让人痴迷的是海中冰山优雅的色彩。那是天蓝还是湖蓝？说不清楚。很难用语言确切地描述那种蓝。那是一种综合了所有蓝色的美丽的色调，由自然赐予，难以追摹。

有的冰山蓝成淡淡的一片。有的冰山顶上洁白，底部铺着或厚或薄的层层变幻的翠蓝。有的冰山或宽或窄的裂缝中是一道道比冰面略深的蓝色线条，一眼望去，洁净清新，令人赏心悦目。

南极冰山的色彩是一种白晶晶、蓝莹莹的组合体，是天然色泽的流泻，是由内而外渗透出来的情怀。越是接近海水的地方，越是蓝得绚丽，仿佛是冰山的蓝融化、稀释了一样，是它将周边的海水染成了一片涌动的璀璨。

一只肥胖的海豹悠闲自得地趴在平展的冰面上，成了一道有趣的风景。我想，如果它睡着了，那梦一定是多彩的蓝。

南极十章

一

两次出行，两次返回。

航空公司的气象专家掐着手指算准了的飞机落地窗口期，两次被南极变幻的风云吹散。今天，终于等到了又一个机会。按照探险公司的规定，这将是这次行程最后一次向南极挺进的尝试。

从世界最南端的城市、地处麦哲伦海峡西北岸的蓬塔阿雷纳斯起飞，一路向南。接近德雷克海峡，我从飞机的舷窗向外望，只见山川连绵，不少山头堆积着皑皑白雪，几处大山坳里卧着古老的冰川，冰川周围，雪水流淌的痕迹，年复一年，刻出流畅、遒劲的曲线，恢宏、壮观，令人荡气回肠。

又见合恩角。这个位于智利南端合恩岛上的陡峭岬角，是南美洲的最南端，人类没有发现南极洲大陆之前，都以为这里就是世界陆地南方的尽头。

地图上的南美洲，仿佛是一个指向南极洲的锥体。从飞机的舷窗俯瞰，合恩角形成锥体尖尖的犄角，恰似刀尖。

合恩角是大西洋与太平洋交界的地方，也是世界著名的“海上坟场”。由于临近南极圈，冷暖气流在此交汇，海面上天天都在上演暴雨、浓雾、冰雹、飓风和恶浪。从这里去南极，路途最短，然而，德雷克海峡的航海条件却十分恶劣。据记载，从 17 世纪到 19 世纪中期，有五百多艘船只在这里倾覆，两万多人因此丧命。

二

飞往南极的途中，我想起了与探险公司签订的出行合同，长长二十多页，全是英文，好在同时附有一份完整的中文译本。中文译本里有几句话让我难忘：

> 我知道，这是一次遥远的旅行。南极不适宜人类居留，环境无法预测且隐藏着不可预知的危险。
>
> 由于地处偏远，充足的医疗设施可能距离我们七十二小时行程或以上，在某些地点，可能得不到或不能及时得到紧急疏散和充分的医疗。
>
> 在飞行尝试的最后一天还是不能成功起飞，公司有权中断行程。
>
> 您出行的有效性取决于您是否接受这些条款和条件。如果您不同意条款和条件，您将无法参加探险……

第一次与旅行社签订这样的合同。说不出这份合同有什么不妥，毕竟行程特殊，责任重大。

三

登上南极大陆，如同走进梦境一般。

周边的世界是空旷的，寂静无声的。海边，泊着几艘冲锋舟。1 月底是南极的盛夏，日常气温也在零下五至三摄氏度。几个衣着厚实、脸上也包裹严实的人冒着寒风，在海边等着我们。

这里没有码头，登冲锋舟时，人必须下到冰冷的海水里，有时海水深至膝盖。因此，出行的装备中，探险者必须准备防水裤；美国探险队接管后，又借给每人一双厚厚的长筒防水靴。这种装备，在南极的行程中必不可少。

在南极乘坐冲锋舟动作是有规定的。人下到海水中，背向船，坐在冲锋舟的边缘上，然后将腿脚提上来，再转动身体，完全坐到船上。而下船，则是相反的流程。

四

在南极探险期间当作宾馆的轮船，有一个让人着迷的名字——“海洋奇遇号”。这是每年夏天活跃在南极的一艘探险船。船不大，只能容纳百余人。这艘船 1976 年建造，几度改造，下水四十年后，再次翻新，成为 1A 冰级船。我看了船上的资料，得知 1A 是冰级船中最高级别。这艘船不仅抗冰能力强，且配备了卫星导航系统和先进的通信设备，即使在非常严酷的自然条件下，也能正常航行。

探险船的外侧挂着多条冲锋舟。南极没有码头，大船无法靠岸，登陆小岛或者在海上游览，只能乘坐冲锋舟。

探险船设计得十分紧凑。舒适的舱室，透过观景窗可以饱览海景，每间都有卫浴。船上大小餐厅、礼品店、图书馆、洗衣房、医务室、小型健身房一应俱全。交谊厅是客人最喜爱的小憩的地方，二十四小时供应水果、糕点，还有咖啡和茶，看着海景，享用茶点，十分惬意。

五

大海茫茫，白一片，黑一片。远方有冰雪微微凸起，连绵不断，不知是冰山还是陆地积雪。

乘坐冲锋舟在海上巡游，我感到雀跃，不可否认，也感到些微恐惧。毕竟，这里是南极，是一个人们了解不多的世界。

冲锋舟离开探险船不足半小时，来到一片辽阔的水面，船员称这里为“浮冰广场”。也许是风向和洋流的作用，这里聚集了数百座浮冰，白花花的一片。浮冰形状各异，有的像门楼，中心洞开；有的如花朵，向天绽放；还有的似磐石，中流砥柱。浮冰颜色也不尽相同，有白色的，有湖蓝色的，也有上白下蓝的。远处更多的浮冰浮在海面上，十分壮观。

不得不佩服驾船的船员，他们驾着冲锋舟在大大小小的浮冰之间穿梭，有时前方明明已无路，可他们总有办法冲出重围。

我印象最深的一块浮冰足足有两米高，上白下蓝，颜色过渡得十分自然，越是接近水面的地方，越是蓝得浓艳。令人叫绝的是，还有一头棕黑色的海豹趴在上面，睡得正酣。我兴奋地按下了相机的快门。这是我在南极拍摄的最佳照片之一。

六

南极的主人是企鹅、海豹，还有不时在海面上举起尾巴的鲸鱼，它仿佛也在宣示主权。

一些岛屿的山头上、海岸边，企鹅成群结队出现。有的扎堆静卧，有的扇动着翅膀跑来跑去，还有的排成一行摇晃着走过，呆呆的，萌萌的，可爱极了。海豹和企鹅和平相处。海豹慵懒，喜欢趴在地上，很长时间一动不动。如果有人走近，它们也会昂起头，瞪着眼睛，迎面向人发起攻击。在南极，与企鹅或海豹相遇，人必须让出道路，让它们先行，因为，那里是它们的家园。

夏季，南极的岛屿依然被白雪掩埋着。白雪的下面都是鸡蛋大小的碎石子，这些石子游人不可以捡拾，更不可以带回家作纪念，因为，它们是企鹅生存与繁殖的温床。

当晚，我斜倚在“海洋奇遇号”船尾大厅的沙发里，放飞诗情：

我想伸展臂膀，把自己打扮成企鹅的模样
挺着肚子，在南极的山水间快乐地行走，摇摇晃晃

那是原始的欢畅
这片地球上最后被发现的神秘大陆，寸草不生
却可以让灵魂飞翔

七

午餐的时候，广播响了，通知我们海上出现巨大的冰川。

船头犁开蓝得发黑的海水，船体两边腾起一道道白色的浪花。探险船船头的右前方，出现了一道长长的冰带，近二层楼高，立面平整得如同切割过一般，闪耀着晶莹的亮光。巨大的冰川在海上伸展着，足足有十多千米长，十分震撼。可惜的是，我只能看到冰川

靠船这一侧面，它有多宽，无从猜测。这片冰川通体白色，形态也简单，但是它的壮阔，令人叹为观止。

探险船在前进。南极的海面雾气朦胧，好像总也睡不醒的样子。我联想到北极极夜时期的午后。北极极夜时期，整天都黑蒙蒙的，只有午后天空才透出短暂的光亮。那种光亮就如同此刻南极的海面，昏沉沉的。

忽然，船头的左前方，在一大片冰山的后边，现出一堆鹅黄，犹如冰天雪地里的一丛篝火。那黄色纯粹、浓艳、灿烂，辉映着远方的一片天地和冰山坚硬的身影。没有人知道这是什么。那是南极诸多神秘之一。

八

每天夜间，“海洋奇遇号”都在转场。白天路过的海面、登过的岛屿，都留在我的镜头里，成为珍贵的记忆。

南极海面风浪很大，夜晚躺在床上，常被颠簸摇醒。早晨起床，免不了要在地上和床下寻找茶杯、鞋子、水笔之类的东西。昨夜放在椅子上的行李箱，被掀翻在地，里面的物品四散逃亡。

九

长城站位于乔治王岛的菲尔德斯半岛上。它面临民防湾中的一个小湾，这个小湾已被中国南极考察队命名为“长城湾”。

长城站背靠终年积雪的山坡，水源丰富，四周地势开阔。在这里，夏季能看到黄绿色的地衣和苔藓。这里也是企鹅、飞鸟和鲸鱼的自然保护区，以及植物和化石的保护区。

五星红旗高高地飘扬在长城站前的广场上。旗杆下，一块两米高的灰色岩石上竖着刻着三行红色大字：

长城站

中国首次南极洲考察队

一九八五年二月二十日

海边铺着一块块水泥板，水泥板上画着一大一小两个红圈，那是直升机的停机坪。海边道路的尽头矗立着两根红白相间的立柱，立柱从上往下钉满了箭头形的白色指示牌。一根立柱上一块块指示牌向着祖国的方向，分别用中英文写着："西安 16790KM""哈尔滨 18136KM""贵阳 15910KM……"那是祖国的一些城市与长城站的距离。另一根立柱的指示牌上则标着与世界其他一些主要城市的距离。

长城站有一座底部架空的钢结构的红色平房，我登上平房，先来到陈列室。室内走廊的门框上，"爱国""求实""创新""拼搏"八个字格外引人注目。这八个字，我踏上长城站的那一刻在广场上也见过。平房里一间间屋子不大，门挨着门，有的陈列着使用过的科研器材，有的摆放着早年的生活用品。一间关着门的房间门口挂着一块醒目的牌子，上有"中国邮政"字样，下面用大字印着"中国南极长城站邮政局"。一间宿舍里放着两张简陋的单人床，中间一张方桌，一台老式电视机上放着一台 20 世纪 80 年代流行的手提式收录机。出人意料的是紧挨一张床的床尾，还放着一架国产缝纫机。

长城站站区南北大约两千米长，东西宽约一千米。穿过印有"中国南极考察队"字样的集装箱，踏着留有残雪的沙石路往里走，便是长城站的办公、科研、气象、通信、医务文体、宿舍等建筑，周边零散地分布着一些红色的后勤用房。路边停放着两辆白色吉普，车门上印有长城站的标志，都装了三角形防滑履带，一副蓄势待发的样子。具有南极特色的越野车、气象楼前“长城站欢迎您”的标语牌成了最受欢迎的留影背景。

十

早餐后，一位女船员驾驶着冲锋舟将我们从“海洋奇遇号”上送到乔治王岛。下了冲锋舟，女船员眯着眼睛朝我们礼貌地点了点头，算是道别。随后她微弯着腰，潇洒地掉转船头，向大海中央飞驰而去。

南极的海面上飘着淡淡的薄雾。“海洋奇遇号”远远地停泊在海的中央。几艘冲锋舟在辽阔的海面上划出一道道白色的水纹。眼前景象，就美得如同一幅画。即将告别这人类社会以外的地方，我心头很是不舍。

距离大海不远的地方就是用作飞机跑道的公路，全长一千六百米，长度不足一般机场跑道的二分之一。这种推平沙石地建的简易跑道，只能供小型飞机起降，而小型飞机的起降必须准确地从跑道的尽头开始。在天气变化莫测的南极，等待飞行，特别是飞机落地的窗口期，不仅需要耐心，还需要好运眷顾。

我们飞离乔治王岛，正是南极晴朗的中午。

第六辑

马赛马拉大草原上的好人

走进撒哈拉

一　金色的狂野

我是从突尼斯的托泽尔地区进入撒哈拉大沙漠的。

天空高远，大地无垠。看不见的微风裹着细沙漫天飞扬，有时，扬尘还会肆无忌惮地飞旋，将太阳抹成晕红。

汽车行驶在浩瀚的沙漠里，有如一只小船在无边的大海里颠簸摇晃。路边，常常会有干瘦的单峰野骆驼停下脚步，盯着汽车看个不停。

第一次看到撒哈拉的名字，是在童年的课本中。几十年后，当真实的撒哈拉突然出现在面前，我并没有激情澎湃的感觉，反而觉得头脑中有些迷茫，面对一望无际的荒原，心里有些惊悚……

汽车喘着粗气，艰难地翻越一个个沙坡。有时，沙坡很陡，车子爬到半坡，从高高翘起的车头窗户往外望，根本看不到脚下的路和前面的坡，满眼尽是天空的蔚蓝或是阳光照耀的灿烂，人仿佛就要腾起飞向宇宙一样。那种感觉，让人联想起航天员坐在舱内飞船升空的那个瞬间。而当车向沙坡下俯冲的时候，人的心里又是将要一头扎进沙漠怀抱的恍惚。

极目远眺，撒哈拉起伏的身姿和远处山峦浅浅的脊线，铺展着大漠梦幻般的苍凉，那苍凉里，有一种很难用语言表述的迷人与诱惑。

二　沙漠绿洲

汽车向着沙漠深处行驶了两个多小时，眼前出现了一片沙漠围绕的荒滩。

一个陈旧的小村庄，坐落在沙漠中一座杂乱的小山坡上。说是村庄，这里没见着几间土房。几个上了年纪的村民，在房前平坦的地方搭起小木板，板上摊着菌菇等一些山货，还有山上采集的花样石头，等游人来买。

这里是沙漠远近闻名的歇比卡绿洲。

山脚下，一股细长的清泉潺潺流淌着，不知源头在什么地方。水沟边，几棵一人高、类似芭蕉一样的小树，伸展着宽阔的绿叶，一些色彩深红或粉红的不知名的野花，散落在沟边，这也许是沙漠中最美丽的风景了。我走近一朵小花，看了又看，想带它回家做一个纪念的标本，可不知为什么，怎么也不忍心去摘。或许，它就是为撒哈拉而生的，它只有在这里才最可爱。

村后是杂土堆积的山坡。绕过几间土坯搭的房子，踩着一路碎石渣往山上走，接近海拔九百米的地方，是一个叫作达马赫扎的山头。在一处赭石与碎石堆积的山崖旁，站立着一头栩栩如生的小山羊雕像，从很远的地方都能望见。这里是沙漠的绿洲，小山羊是生命的象征，也象征沙漠的辉煌。

蔚蓝的天空下，古老的沙漠里有这样一块绿洲，让生命充满希望。

三　梦幻城堡

早有耳闻，一些国际著名电影导演喜爱选择撒哈拉作为外景拍摄地。《星球大战》的外景地设在一片沙堆下的开阔地带。黏土垒砌的简易平房，有方形的，也有圆形的，高高低低地排列在一起，整体像一个不规整的“U”字形状。一堆人聚集在房子中间的空地上，像集市一般。有人兜售着以撒哈拉名义标榜的纪念品，有人守着一块块土堆小摊卖帽子和防风沙眼镜，还有几个孩子牵着骆驼，忙着左右招揽着游人……

站在这片意念中的梦幻天际，满眼飘忽着惊喜的迷茫。

不远处，沙丘缓缓地堆积着，如同月球环形山一般的模样。沙漠悄然无声，沙丘顶尖上那一道锐利的锋芒，像刀削的杰作，线条整齐流畅，不知是谁的鬼斧神工。撒哈拉敞开宽广的胸膛，以奇景让人驰骋想象。我常常忘记昂克艾日迈勒这个地名，而这里美丽的沙堆，用黄土堆积垒砌成的一个又一个梦幻般的城堡、房屋和洞穴，一直留在我的脑海中，让人很难走出沉浸的梦境。

广袤的大漠，蕴藏着多变的色彩，是任人筑梦的地方。乘坐沙漠吉普车，驰骋于无垠的旷野，远处凸起的骆驼山，曾是电影《英国病人》的外景拍摄地。连绵的沙漠，弥漫着苍凉的气息。

四　杰瑞特盐湖

从杜兹休息区出发不久，大巴车便进入了著名的杰瑞特盐湖。

层层叠叠的白云，动也不动，低低地悬挂在广阔的盐湖上，像一幅巨大的艺术摄影杰作。置身其中，人的心灵都通透了许多。

为什么在撒哈拉沙漠中会出现一片盐湖？杰瑞特盐湖形成的年

代以及地理原因，我一时无从查考。站在这里，我感觉世界上最诱人的色彩就是眼前的那一片纯净了，我只想为这美丽的洁白喝彩。

烈日灼烧，强风吹袭，这片盐湖已经渐渐枯竭，白花花的一片，宛如严冬大河的残冰。但透过一片风干的洁白，还是能想象到盐湖早先兴旺的模样。据说，阳光灿烂的时候，湖上常常能看到让人琢磨不透的海市蜃楼。那海市蜃楼，是不是在重现着昨日的某些梦境呢?

盐湖边，两个小孩挎着藤条编织的篮子，叫卖着沙漠里特有的干花。我不知道那篮子里究竟是一种什么植物。曾听说过，沙漠里有一种被日月风干的玫瑰，如果用心呵护浇灌，日后还会重新绽放出花朵。

五　牵骆驼的孩子

落日带着一抹嫣红，悄悄停歇在沙漠尽头的地平线上。

一个人和一峰骆驼相依偎，面向夕阳，坐在沙漠里，任沙尘拂面。

那人，是在等待出游的驼队归来，还是在独自享受着荒漠的落日时分?

手捧相机，我一步步走向他。

远方，夕阳下的沙漠，仿佛燃烧着一种橘色的物质。我看到，沙漠的荒凉，也是一种美。

这是一位突尼斯小伙子，大约十四五岁的样子。他中等身材，乌发浓密，黑红的脸膛上，忽闪着一双明亮的大眼睛。满头满脸细沙尘，挡不住他稚气英俊的模样。

我与他，面对面站在沙漠中。语言不通，一筹莫展。小伙子看着我，面部没有任何表情。忽然，他用手指了指我的相机，同时，又将自己的身体，与骆驼靠在一起……我恍然大悟，原来，他站起身来，是为了摆出牵骆驼的姿势，配合我拍摄。我感动得不断地向他点头示谢。

拍完照片，我收拾着相机。小伙子又牵着骆驼重新坐卧下来。夕阳下的沙漠里，静静的，仿佛任何事情都不曾发生过。

离开了很久，我突然想起一件事，心里愧疚不安——我欠撒哈拉一份小费。

六　柏柏人家

地处沙漠的玛特玛他酒店，客房由山体下的一孔孔洞穴组成。房间呈半圆形，面积虽不大，但设有土堆的大小床铺，还有土垒的小桌，宁静且温馨。那个夜晚，我兴奋得难以入眠。

酒店附近是一片起伏的山头，山头之下，散布着几户当地的原住民柏柏人居住的洞穴。太阳还未露头，我去探访一户柏柏人家。沙漠的清晨气温很低，一条类似战壕的通道口，点着一堆火。顺着地下通道朝前走出三十米左右，便来到了一户柏柏人家。这处民居是个以院子为中心的方正整体，有些像北京的四合院，院子的东边和南北是三个洞穴，结构虽简单，但是柏柏人在这里生活得有条有理、有滋有味。

小院独特的地理景观吸引着我，柏柏人的随意与热情也让我感到温馨。可能是习俗吧，任何游人都可以在柏柏人家参与活动，也可随意品尝主人的厨艺。最激动人心的要数那个舞蹈了，录音机里播放着叫不出曲名的欢快音乐，柏柏人一家纷纷在院子里随着音乐节奏扭动着身子。女主人还特地给我扎上淡黄色的头巾，披上宽松的褂子，一个劲地拉着我一起跳舞……

我在地球最空旷的荒原，感受着异域古老文明，在一片欢乐之中走进了柏柏人家温暖的世界。

一只脚踏着南半球，一只脚踏着北半球

离开火烈鸟的天堂博高利亚湖，我们前往肯尼亚山国家公园保护区。

吉普车在老旧的柏油路和坑坑洼洼的泥土路上颠簸前行。尘土飞扬的车窗外，人烟稀少，一片片干涸的土地上，生长着一蓬蓬杂乱的荒草，偶尔闪过几棵合欢树的影子。

按照计划，我们几个小时后将要穿越赤道。这是我首次在陆地上走近赤道。人们常说，地球是个美丽的圆。尽管赤道穿越很多的地方，而我对赤道的印象，却首先与非洲大陆联系在一起。

也许源于儿时接受的关于非洲的教育，心中关于非洲的印象总是“非洲人民要解放”。后来，国内某歌舞团又推出了一部反映非洲人民争取民族独立的舞剧《赤道战鼓》。我虽然没有看过这部舞剧，但是从剧名以及各种宣传中，对其内容似乎略知一二。那种微微弯曲着双膝、合着强烈的节奏前后左右移动脚步，还有双手握拳、上下挥舞的动作，仿佛就在眼前。于是，赤道与非洲的联系，就长久地存在于我的记忆之中。

到达零度赤道线，是正午时分。公路边，几间低矮的民房前面，

矗立着两块用铁皮做成的高大的广告牌。两块牌子平行而立，正反面的画面以及内容完全一致，间隔距离约有十米远。黄色的底板上，用黑色标示着肯尼亚国土的形状，国土的中间，横穿过一道粗粗的白色线条，就是赤道。赤道线上用红色写着“EQUATOR”的字样，下方标注着此地的海拔高度二千二百六十五米。从两块牌子的侧面看过去，是一条平行的直线，这就是零度赤道线。

来自世界各地的游人，纷纷在零度赤道线的广告牌下留影。有的人站立在广告牌的中间，跨开双腿，宣告自己同时站立在地球的南北半球；还有的人在广告牌前伸展双臂，好似在拥抱整个世界……

一位身材高大的黑人小伙子，一手拿着个小铁盆，一手提着水桶，笑眯眯地从路边的屋子里走出来。他招呼游人来到广告牌的北侧，告诉大家，现在所处的位置是地球的北半球。他用水杯往底部有小孔的盆中加水，然后将一根火柴扔进盆中。小盆滴滴答答地漏着水，火柴漂在水面上，沿着顺时针方向慢慢旋转起来。然后，小伙子又带着大家穿过广告牌，来到牌子的南侧，他边往盆中加水边对大家说，这里是地球的南半球。火柴扔进水盆中，只见它沿着逆时针的方向旋转了起来。之后，那个黑人小伙子再次招呼大家来到广告牌的正下方，站在零度赤道线上，人们看到火柴在水盆中漂浮着，动也不动。做完实验，小伙子骄傲地微笑着，不说话，仿佛他让游人了解了一个地球引力的知识。

当然，简单的实验也并非无偿劳动，那位黑人小伙子做完实验后，邀请大家到路边的平房内，花五美元换取一张《跨越赤道纪念证书》。那证书制作得十分粗糙，一张纸上，简单地用线条勾勒出几只野生动物的形象，中间的线条是赤道。许多游人买了纪念证书，因为记忆是珍贵的，无价的。

路边平房内，除了销售《跨越赤道纪念证书》，更多的则是推销肯尼亚随处可见的木雕工艺品。大象、犀牛、狮子、猎豹、野牛、河马、长颈鹿……马赛马拉草原上的野生动物，这里几乎都有，栩栩如生。当然，还有各式非洲人物的夸张造型。用非洲特有的黑木树种雕制的工艺品，内芯主体呈黑色，外层树皮则是灰白的，用它雕制的黑人头像，不仅色泽相像、举止神似，而且非常别致。“这个黑木”“黑木的”，简单的中国话，一直习惯性地挂在许多黑人推销员的嘴边。

从这里继续前往肯尼亚山国家公园保护区，有很长一段路程是在赤道线上的，仿佛我们是踏着赤道红毯，扑向肯尼亚山的怀抱。

保护区临近了，沿途的环境在不断增多的植被中，渐渐变得越加清新与丰满。

肯尼亚山是东非大裂谷中最大的死火山，它的最高海拔五千一百九十九米，是仅次于乞力马扎罗山的非洲第二高峰。在一片起伏平缓的山峦中间，肯尼亚山的峰顶圆润凸起，异常美丽。山顶积雪终年不化，呈现出赤道上难得一见的奇妙景象。它犹如一块雄伟的岩石，横跨赤道，矗立在非洲大平原上。

费尔蒙肯尼亚山狩猎度假村，坐落在肯尼亚山的山脚下，位置正处于零度赤道线上。高大的金顶合欢、平顶合欢、烛台大戟以及各种热带大树比比皆是，使人分不清是大山植被的自然延伸，还是酒店人工的精心装点。山坡上、道路旁鲜花盛开，沿着起伏的地形建造的英式别墅客房，被茂盛的绿色掩映着。碧波荡漾的泳池，围在大片芳草之中。酒店环境与景色十分优美，令人心旷神怡。这座位于零度赤道线上的酒店，是好莱坞影星威廉·霍顿等人于 1959 年开设的。如今，这里名流荟萃，成为世界各国游人来东非旅行首选的度假地。

黄昏时分，我们坐在酒店宽阔的大草坪上，聚精会神地眺望着肯尼亚山峰顶周边飘荡着的如同丝绸般轻柔的红云，直到夜幕降临也不忍离去。

夜晚，面对房间壁炉内的熊熊火焰，我们用心感受着同时横跨两个半球的无限乐趣。

马赛马拉大草原上的好人

一

我是从内罗毕乘坐空中巴士前往马赛马拉大草原的。

两位黑人飞行员，一男一女，他们钻进驾驶舱，回头递给乘客一小盘糖果，并叮嘱每人系好安全带，飞机随即滑行升空。内罗毕距离马赛马拉约有三百多千米，开车前往需要六个多小时，且一路上颠簸难行。乘坐小型的螺旋桨飞机，不仅舒适，时间也可大大节省，空中飞行一个小时就能到达马赛马拉。

飞机飞得很低，仿佛是一只大鸟在草原上翱翔，身下的一切看得清清楚楚。非洲大草原色彩是浓烈的，这里处处显现着生命的迹象。无垠的原野铺满绿色，深一片，浅一片，偶尔出现一条小河，宛如一条丝带在旷野上飘荡。

半个小时后，飞机开始慢慢降落。从机头的窗户向前望去，空旷的草原荒无人烟，只有一间简易的小木屋，孤零零地坐落在那里。飞机在一块平整的草地上滑行了一会儿，稳稳地停在小木屋的前面。这是个叫不出名字的地点，有两个中年男人，可能是欧洲游客，各自背着一个大大的双肩包钻进机舱，飞机随即在草地上再次滑行，继续飞往马赛马拉。

马赛马拉大草原，是肯尼亚最大的国家公园，占地约一千八百平方千米，与坦桑尼亚境内的塞伦盖蒂大草原隔河相望，是世界上最大的野生动物自然保护区。难以计数的角马、斑马、瞪羚、猎豹、狮子、野猪、野牛、犀牛、大象、长颈鹿以及狒狒和鬣狗等各种野生动物，常年在这片草原上繁衍生息，在日月轮回之间，不断演绎着生命的激越与悲壮。

飞机降落在马赛马拉一片空旷的草地上。左侧前方不远处，矗立着两块半人高的木牌，上面写着进入草原的注意事项。旁边，三辆吉普车在等待着远道而来的客人。

二

草原度假酒店，坐落在马拉河的一个支流边上。酒店的建筑布局，沿着河道的自然形状铺开，像个倒写的“人”字。对着大门，是木质框架之上稻草为顶的大堂和圆形酒吧。大堂左边，几排横竖条状的平房，坐落在绿树浓荫的怀抱里，那是酒店的客房。大堂的右边，则是开放式的餐厅。餐厅狭长，一根根圆木支撑着稻草铺盖的屋顶。由于没有围墙，四周景象可以一览无余。靠河的一侧，摆放着一张张粗糙的木制长桌，餐桌外边十多米的斜坡下，河马在水里游走，鳄鱼在岸边爬行，不时还能见到几只顽皮的猴子上蹿下跳。在马赛马拉大草原逗留的三天时间里，我们再也没有见到其他任何酒店。看来，马拉河度假酒店，就是游人在这个草原动物王国唯一能栖身的地方了。

为我们开车的是一位黑人司机，中等个子，有一双明亮的眼睛。他性格开朗，非常热情，见到客人总是主动微笑着打招呼：“姜眸[1]！”笑起来满口洁白的牙齿，给人留下很深的印象。

吉普车在草原上行驶，金顶合欢、平顶合欢以及烛台大戟等非洲特有的树木，时而从眼前掠过。草原上没有路，几道浅浅的车轮压碎荒草的印迹，指引着前进的方向。司机对大草原似乎很熟悉，在一些岔道口毫不犹豫地前行着。

我问身边的黑人司机：“这个草原，你来过多少回？”

他莞尔一笑：“二十九年。”

我理解他的意思，他说的是自己一直生活在这里。向他求证他的话意，他使劲地点了点头。

见他随和幽默，我打开了话匣子，问他：“你叫什么名字？”

“阿布隆。”他答。接着他有些得意地告诉我，他还有一个中国的名字，叫“雷锋”。听着他的话，车上的六个中国游客都好生奇怪。

我问他：“为什么叫雷锋呢？”

他回答：“听很多人说过，中国有个雷锋，人非常好，乐于助人，几年前，我就开始叫雷锋了。”

相识不久，对阿布隆的为人我们并不了解，但是他对雷锋的崇敬，一下子拉近了我们彼此的距离。

一群群角马刚从车的左边经过，欢蹦乱跳的瞪羚又出现在车的右边。两只全身满是大花斑的猎豹，静静地趴在一棵低矮的大树下，不时还会撑起前腿，扬起脖子，注视远方……我们纷纷从座位上站立起来，不顾道路的颠簸，将头伸出车顶专供游人观景的天窗，捧着相机不停地拍摄。一大群斑马排着长队，从容地踱着步子行走。临近的时候，阿布隆减慢了车速，直至停下来，让一头头肥壮的斑

[1] 姜眸——音译，你好的意思。

马从车的前边慢慢走过。

车上有人好奇地问司机阿布隆："斑马的肉能不能吃？"他听了默不作声。

我知道，这沉默也是一种回答。草原上的人们爱惜野生动物，他们不愿谈及伤害动物的话题，也不愿任何动物成为人们餐桌上的美味佳肴。

蓝蓝的天空，飘着一团团洁白的云朵。辽阔的草原上，各种野生动物一群群聚集着，一队队奔跑着、行进着……马赛马拉，名副其实的野生动物的天堂。

我们一边观赏着草原上的动物，一边与阿布隆聊天。我问他家里有多少人，他告诉我，他的爸爸先后娶过两个老婆，第一个老婆也就是他的生母生了八个孩子，第二个老婆生了十六个孩子，兄弟姐妹的关系都很好。交谈中，我们了解到，由于种种原因，在当地并不是所有的孩子都能健康长大的。

我问阿布隆："你成家了吗？"

他看了我一眼，呵呵笑道："我已经有三个孩子了。"

车厢内，有人大声问道："你会生很多的孩子吗？"

他目视着前方，坚定地说："不会，不要了。"沉默了一会儿，他补充道，"我最大的孩子今年已经八岁了，我希望孩子们能接受好的教育，将来走出非洲！"

阿布隆的话语铿锵有力，让我们深受感动。他年复一年驰骋在辽阔的草原上，心中一直怀有自己的追求和向往。他告诉我们，他很爱自己的工作。现在赚钱，除了维持家庭生活，还要负担弟弟读高中的费用。他说，只要弟弟能通过考试到大学念书，他会一直负责弟弟读书的费用。为了多挣一些钱，他很想去欧洲打工，去看看外面的世界。

三

放在车窗前的对讲机，“叽叽喳喳”地响了起来。阿布隆拿起对讲机，简短交谈了几句，转头告诉我们，不远处发现了一个狮群。在这片辽阔的草原上，当地的人们，习惯通过对讲机来报告彼此的位置，通过敏锐的视觉和观测经验，追寻那些行踪比较诡秘的动物。

我们赶到狮子团聚的树丛边，有一辆吉普车已经停在那里。稀疏的小树林后边，五六头狮子挤在一起，相互摩肩接踵，懒散地嬉戏着，另有几头幼小的狮崽，忽前忽后地奔跑着、跳跃着。小树林外边，一头脖颈上堆着金毛的雄狮，正聚精会神地啃着一大块不知什么动物的肋骨。另有四头雌狮，随意歪倒在草地上，无视一切地睡着大觉。它们不时仰面朝天翻转着身子，凸显着草原之王的霸气。

阿布隆将车慢慢靠近狮群停下。这样近距离接近凶猛的狮群，大家都很兴奋。阿布隆转过头，用手示意车上游客放低说话的声音，以免惊动了狮子。大家不再多说什么，一个个端起相机，“咔嚓、咔嚓”地不停拍摄着狮子活动的各种场景。

在马赛马拉，人们习惯将大象、狮子、犀牛、野牛和猎豹统称为“五大动物”。要想在短时间内看到五大动物，据说需要运气。我们庆幸有阿布隆引导，在草原的三天，看到了想要看的各种野生动物，当然，还有每年演绎“生命交响”的马拉河。

马拉河是非洲草原上的明珠。人们对马赛马拉的记忆，很多画面出自“天国之渡”，这是世界上最令人赞叹的自然奇观。每年的 6 月到 10 月，连绵的阴雨不断孕育出马赛马拉草原的新绿，芬芳的气息，深深地吸引着南面塞伦盖蒂草原上一百多万头角马和二十多万头斑马。每到这个时候，动物迁徙队伍便如浪如潮，开始自然界最壮丽的旅程。隐藏在草丛中的狮子、猎豹和鬣狗，随时可能发起致命攻击。迁徙队伍不顾危机四伏，它们拖着饥饿疲惫的身躯，长途跋涉，涌向湍急的马拉河，一波又一波，接连不断地跃入水中，争先恐后越过坦桑尼亚和肯尼亚边境，奔向充满诱惑的马赛马拉大草原。此时的马拉河，成了野生动物的生命线。在这里，死亡可谓如影随形。河岸陡峭湿滑，下水和上岸的落脚点很少，蜂拥而至的迁徙队伍竞相踩踏，险象环生，死伤无数。穿越河道时，许多角马和斑马，葬身尼罗鳄的腹中。

由于今年雨季延迟，动物大迁徙的季节还未到来，眼前的马拉河显得格外平静。浅浅的河水，缓缓地流淌着。几头河马蹲在河中，像一组动物化石。两条鳄鱼默默地伏在水边，好像进入了熟睡的梦境。

四

阿布隆把车开到一棵大树下，这里相对安全。他熟练地在草地上铺上毯子，安排我们享用携带的午餐。每人一包干粮，一瓶矿泉水，还有牛奶和水果。午餐结束后，他将游客吃剩的食品集中在一起，分装在两个纸盒内，然后，迅速叠起毯子，又弯腰将地上的一个塑料袋和几张丢弃的餐巾纸捡起来装进一个纸包，塞进汽车的后备厢内。

回程途中，在马赛马拉原始部落附近，我看到路边有三个黑人孩子。他们光着背、赤着脚，站在灼热的太阳下。那大点的孩子，好像不足十岁，小的只有五六岁的样子。阿布隆减慢车速，向车外招了招手，几个孩子迅速朝着车边飞跑过来。他们从阿布隆手中接过游客午餐剩下的食物，睁着渴望的大眼睛，不说一句话。望着面前的孩子，我的耳边回响起阿布隆的话："希望孩子们能接受好的教育，将来走出非洲！”对于世世代代生活在马赛马拉大草原上的人来说，这是一种怎样的勇气与期盼啊！

想到走出非洲，我联想起作家凯伦·布里克森。到达肯尼亚的当天下午，我曾前往内罗毕的郊外，参观凯伦·布里克森曾经居住过的凯伦庄园，以及凯伦故居博物馆。在绿草红花装点的几间廊道连接的平房里，我静静地探寻作家曾经的生活经历，感受她写作不朽名篇《走出非洲》的激荡情怀。来自丹麦的凯伦，是将自己的生活与情感融入非洲咖啡园中的，她与原始的生态共生，向世人展现一种优雅的生活态度。眼前的阿布隆，生长于非洲大地，他将自己的生命与希冀，全都托付给脚下的这片土地。他所追求的是，在草原上能飞得更高，在生活中走得更远。

五

马赛马拉的黄昏，是一幅色彩斑斓的油画。一望无际的草原上，各种动物悠闲地等待着又一个夜晚的来临。远远地，一棵平顶合欢在金色夕阳的映衬下，孤傲地挺立在辽阔的大地上，尽显个性风采。苍穹下，落日的余晖化作无数灿烂的光束，自由地挥洒在晚霞绽放的大草原上，给人一种难以形容的美与唯恐它消失的深深眷恋。

在大树的怀抱中入眠

“快上来！快上来……”

我被一阵突如其来的急切呼唤吓蒙了。顺着酒店顶层木板搭建的廊道，快步来到树顶窝棚的顶端，只见树下的草地上，一男一女两个年轻人手捧着相机，对着树顶酒店拍照。

这些人，真是不要命的主儿。就在刚才，汽车停靠时，酒店一位小个子黑人管理员曾反复强调，不能擅自“下树”，那可是玩命的行为呢！

很多人知道，在肯尼亚的阿伯岱尔国家公园野生动物保护区，有一家闻名世界的酒店，由于酒店建在树上，故取名“树顶酒店”。

多年前，我听到过许多关于树顶酒店的传说，欣赏树顶酒店匠心独运的构思与建造，常常在心中揣摩着它的真实容颜。沉迷于酒店曾经的故事，总想实地探个究竟。这个夏末，我选择了一个有下榻树顶酒店项目的行程，前往非洲旅行。

虽说行程安排中有树顶酒店，但我知道，出行前还是要注意选择与辨别的。由于树顶酒店名扬四方，接待压力巨大，为此，多年前当地又仿造了一家树顶酒店，这就有了“旧树顶”与“新树顶”之别，尽管两家酒店都属于当今世界的著名酒店，但游人更加期待和向往的，是富有传奇色彩的“旧树顶”。

在城区酒店的中转接待站用完午餐，我们乘坐专用巴士，沿着弯弯曲曲的小路前往山里。由于树顶酒店建在众多树杈上，房间狭小，承重有限，酒店规定游客只能携带个人简单的日用品进驻酒店，大件行李和行李箱等必须寄放在远离酒店的城区中转接待站。

阿伯岱尔国家公园野生动物保护区，位于肯尼亚中部高原。这里地形多样，树林遍野。满目葱茏中，野牛悠闲地踱着步子，绿色的植被上，野猪摇头摆尾地胡乱流窜着。进山大约半个小时后，我们乘坐的巴士就到达了树顶酒店下的舷梯前。

眼前是一片起伏平缓的草地，除了树上搭建的“窝棚”，周边什么也没有。

树顶酒店的历史，富有传奇色彩。她的雏形，出现在 20 世纪 30 年代中期。最初，一位定居在肯尼亚的英国退伍军官沃克为观赏野生动物和狩猎，在几棵高大的树杈上，搭建了一个类似吊脚楼的窝棚，随后又不断完善，将其建为三间卧室、一间餐厅和一间狩猎室。当时的内罗毕报纸对此作了宣传，一时闻名遐迩，这里成为游人和动物研究者夜晚观赏野生动物的最佳场所。随着游人的增多，树上的窝棚也不断扩大，渐渐连成了一片，扩展成建在树上的酒店。1952 年 2 月，英国公主伊丽莎白来阿伯岱尔观赏野生动物，夜晚便下榻在这座简陋的树顶酒店里。就是在这里，她接到了其父英王去世以及英王室宣布她继承王位的消息，伊丽莎白随即下山回国。这段“上树公主、下树女王”的故事流传至今。

眼前的树顶酒店，已经具有一定的规模了。整个建筑以木材为原料，三层房屋全部悬空，搭建在高出地面近十米的大树杈上。房屋的底部，除了粗大的树干外，还有几根水泥柱子，外面裹以树皮，不细看还以为是大树的树干。屋外墙边，一个螺旋式梯子专供游客攀缘进出，但游客住进酒店后，出于安全考虑，规定是不能随意“下树”的。酒店悬空的建筑结构，既保证了游人的安全，又能让野生动物在酒店周边以及客房的下面随意穿行。

一位小个子黑人在酒店门口迎接我们。他宣布完简单的注意事项后，游人便进入了各自的房间。收拾停当，在酒店二层伸着树杈的房间里吃了些糕点，喝完下午茶，我便背着相机，沿着各层的斜向坡度通道，开始参观这座久仰了的酒店。

树顶酒店的规模不大，三十六个房间，包括咖啡室和阅览室等休闲场所，分设在两个楼道的层面中，可谓小巧玲珑。所有的客房都面朝一个方向。房间内，下开口的推窗前，是一条人工开挖的小河沟。这条河沟长约三十多米，宽不足十米。据说，工作人员经常会在河沟周边撒放一些细盐，各种动物便天天来此拱土食盐或到河沟饮水，这样能方便游人观赏。客房的空间很小，除两张狭窄的单人床外，只留下一个人行走的通道。很多房间内，还有粗细不一的树干、树枝上下穿过。小也有小的方便，躺在床上，抬头就能看到窗外的野生动物。

酒店也有高级套房，当年，伊丽莎白女王来访时，就住在二层18号套房里。我来到当年女王居住的房间，看到的设施也非常简陋。一间大客房，约六十平方米，临窗摆放着一张小圆桌，两把椅子；房间的中间有一张宽大的双人床，两边各有一只床头柜，床头的那面墙上，涂刷着橘红的色彩；此外还有一张简易的边台。如今，游人只要多加一百美元的费用，便可以在这里住上一晚。想住这个房间的游客很多，要在这里享受一晚并不那么容易，需要提前预订。

酒店顶楼三层，是宽大的观景平台。平台上整齐地摆放着一排排椅子和茶几，收拾得很干净。在这里，游人可以随意观赏野生动物，还可以远眺非洲第二高峰肯尼亚山上的皑皑白雪。

坐在观景平台上，品着香茗，观看着一群群大象、野牛、野猪、鬣狗等动物来回溜达、追逐，不知不觉中，夜幕已经悄悄降临。屋顶上的照明灯亮了起来。那灯光有些昏黄、暗淡，由于与野兽近在咫尺，游人在各自的房间窗前，能将外面的一切看得清清楚楚。

一位服务员告诉我，这座酒店除了餐厅工作人员外，只有十位管理人员，还要负责夜间的值班报信。果然，在晚餐时我们被告知，每个房间门口，都设有报信开关。夜晚凡是有野兽靠近，值班人员就会发出报信的警铃。酒店告知客人：铃响一声，是鬣狗来了；响两声，是猎豹来了；响三声，是犀牛来了……用这种方法唤醒和告知熟睡的游人，以便大家能在夜间选择观赏自己感兴趣的动物。如果客人想休息，也可以将房间的铃声开关关闭。

这个夜晚，我是在兴奋中度过的。脑海里，一直浮现着几句话。于是我翻身下床，在一张纸上，胡乱地记着：

今夜，我在大树的怀抱中入眠
躺在非洲野生动物的聚集地
草原的狂野成就了树顶酒店
树顶的夜啊，在我无法入眠的梦中
成了传奇

窗外，动物的吼叫与粗鲁的呼吸声，一直在耳边回响。我一次次地躺下，又忍不住一遍遍翻身下床，看看窗外动物活动的迹象。

折腾了半夜，人已疲乏。刚要睡去，耳边“哞——”的一声怒吼，把我惊醒，室内报警铃声也随之响了起来。临窗一看，十几条斑点鬣狗围着一头大象，绕着圈子，不停地奔跑着……

夕阳映照着舍夫沙万

早有耳闻，世界上有三个著名的蓝色小镇，希腊的圣托里尼、摩洛哥的舍夫沙万和印度的焦特普尔。没有去过希腊，到过印度却没有去焦特普尔。据我所知，可以称作蓝色小镇的地方，不止这几个，在中国就有，比如新疆的伊宁。我也曾在非洲东北角的突尼斯山头，坐在一个蓝色小镇临海的露天茶室里，面对世间的空旷，呆呆地度过一个清静的午后。

去摩洛哥旅行，是不能不去舍夫沙万的。相对突尼斯的蓝色小镇而言，同样地处非洲北部，一个地处东北角，一个则在西北角上。两个小镇，离天都很近，都与大海为邻，而舍夫沙万的名声与诱惑，更胜一筹。

我去舍夫沙万，是一个夕阳西下的傍晚。远远望去，蓝色小镇像建造在山腰上的一个巨大堡垒，融合在浩瀚的蓝天下。阳光从大西洋的方向照射过来，小镇朝阳的一面，色彩像被激活了一样，蓝得鲜亮。小镇背阴的一头，庄重而深沉，让人想起迟暮的老人。

舍夫沙万是一座阿拉伯山城。这里所有房屋的墙壁、门板、窗格、院落，大大小小的巷弄，甚至道路和阶梯，都涂抹着各式各样的蓝色，散发着梦幻一般的迷人气息，仿佛这里是一处与世隔绝的地方。我说不清那种蓝色，是天蓝、海蓝、粉蓝、宝蓝还是湖蓝，它们肆无忌惮地绽放在舍夫沙万的每一个角落。虽然有深有浅，色泽不一，甚至有些地方还略微粗糙，但是一眼望去却显得协调而美丽。

蓝色的山城，清静悠长。穿梭在一条条起伏的巷弄间，听不到嘈杂的声音。两个小女孩，大约四五岁的样子，坐在一间屋子门前的石凳上，手中都在搓着红绳子，像一幅画。走近她们，能看到孩子清澈明亮的大眼睛里，折射出蓝色的光亮。

舍夫沙万的老城区，保持着历史积淀的繁荣。这里集中了大量的民宅与小径，优雅的色彩，不厌其烦地层层叠叠上下铺展，延伸到高高低低的每一个远方。巷弄两侧，开设着一些商品琳琅满目的小商店和画廊，具有摩洛哥特色的小物件、手工皮具，多彩首饰，好看的杯子、碟子，应有尽有，五彩缤纷。在一处无人行走的石板阶梯前，我凝视着铺在阶梯两边的手工制品，这些本地居民自制的工艺品极具特色，同样的东西，每一件风格和样式各异。我坐在窄窄的阶梯上，感受着小镇淳朴的民风和悠久的情怀，忘了时光的早晚。

在这里，蓝色成了小镇生活的希冀，也深深扎根在人们的心中。关于小镇蓝色历史的起源，我曾不止一次请教过生活在这里的人们，他们的回答不一，留给人很多的遐想。这座居住着三万多人的小镇，并不是一开始就这么浪漫的。据说，把灰土的村落建成蓝色的小镇，最初是犹太难民的构想。他们认为，舍夫沙万依偎着蓝色的天空和蓝色的海洋，蓝色是对小镇的祝福。也有人说，蓝色代表着天堂，是一种神圣的向往。一些难民为了表达对上帝的敬畏，而将小镇涂成蓝色。他们想象着天堂的模样，小镇道路上那一道道长长的阶梯，就是心中通往天堂的道路。还有人告诉我，把小镇统一涂抹成蓝色，是为了避免蚊虫的叮咬，保证生活在这里的人们不受伤害……面对眼前充满愉悦和浪漫色彩的氛围，我觉得知不知道小镇蓝色的由来，其实并不重要。

夕阳懒散地洒落在石拱门外的老树枝头和高高低低的屋檐上，小镇错落的房屋和弯曲的街影，被阳光切出了一处处温柔光亮的斜面。三三两两的游人，在那深深浅浅、幽幽柔柔的蓝色里，放慢了脚步，默默等待着一个童话世界暮色的来临。

第七辑

加勒比海，一半阳光一半阴霾

科罗拉多大峡谷的守望者

到达科罗拉多大峡谷，已近黄昏。

天空湛蓝，洁净得像洗过一般。几团白云堆在半空，好似峡谷中升腾起来的花朵。远远地，几架喷涂着红色或蓝色线条的直升机，分别在两处空地上起起落落，不断地飞远去，又不断地飞回来。朋友介绍说，那是忙着送客人到大峡谷谷底去观光的“升降电梯”，客人坐着直升机下到深深的谷底，然后换船，可以在谷底的水道中漂流观光。

汽车停在道路的尽头。一个精神矍铄的美国老头儿站在我的身旁，他大约六十多岁，瘦瘦的个子，戴着深色的牛仔帽，干瘪的脸膛有一半被白白的胡须遮盖着，一双小眼睛炯炯有神。

“你好！”他用生硬的中文与我打招呼。

我赶忙回答：“你好！”

他将头一歪，双手一摊，又来了一句：“欢迎！”

我忙不迭地用英语道谢。

他微笑着点了点头，拎起我的箱子，转身向一片木屋走去。

大峡谷附近是一片开阔而荒芜的空地。距离峡谷约二百米远的地方，有二十来间木屋，分列在一块空地的两边。

我听到这里的人喊那老头“乔”。乔在沙石地上走得很快，从后面看去，他个子不高，米黄色衬衫外套一件黑色马甲，腰间系着褐色枪带，屁股上插着的手枪枪套随着他步伐的节奏晃荡着。

乔将我领到一间屋子的门口，转身朝着房间伸出手掌，向我点头微笑。那表情很真挚，好像在说：今晚您住这儿。在我眼里，他的一举一动都充满节奏感，很帅气。

小木屋虽然简陋，但是全都建造在高于地面约五十厘米的木框架上。每个房间的门前，都留有两个方桌大小的空间，基本的生活设施也齐全。木屋的一头，峡谷边圈着几头大马。马厩前不远的地方，摆放着几条木板搭成的长凳，边上堆着篝火残留的木炭灰。木屋的另一头是饭堂，还有一些简单的公用设施。这种单调的环境，我不感到意外，反而觉得这里到处充满诱惑，是一道难以触及的风景。

久闻科罗拉多大峡谷的壮丽与神奇，放下行装，我便迫不及待地来到这里。

正是黄昏时分，一条红里透紫的云带，低低地浮在大峡谷的上空。眼前深深的大峡谷，浩瀚、深远，看一眼，让人心惊胆战。我的双脚，不敢走近峡谷边沿，无法看到谷底的样子，只能远远地站着，用心欣赏眼前雄伟的山壁垂落，以及周边的景致。悬崖布满暗红色、深赭色的石壁，每一道石板的伤痕，都是科罗拉多河水奔腾切割的奇迹。

最震撼的时光，是傍晚。晚霞还未散尽的时候，大峡谷上，在距离地平面大约三百米的空中，悄悄升腾起一条数百米长、几十米厚的云带。那云带呈长方形，四周齐整得如同修剪过一般。它混合了庄严的深褐色、艳丽的玫瑰紫和熊熊燃烧的火红，低低地盖在大峡谷的上面，似乎随时会落下来。

我心里充满敬畏。置身大峡谷边，人在分分秒秒之中，都能意识到自己的渺小和卑微，知道什么叫作震撼与惊心动魄。这种天地之间的呼应，不知是大气环流的聚集，还是大峡谷由内往外的喘息？浑然天成，美得令人叫绝，我想起美国作家约翰·缪尔说过的话："不管你走过多少路，看过多少名山大川，你都会觉得大峡谷仿佛存在于另一个世界，另一个星球。"真可谓洪荒大地，世无其匹！

突然，我看到了乔的身影。他迈着缓缓的步子，行走在深深的峡谷边沿上。朋友告诉我，美丽是一种诱惑。每年世界各地很多人来到这里，面对地球的裂痕，观赏大地的奇迹。曾有人忘了危险，把生命留在这里。几年前，乔就开始经常巡回在峡谷边缘，劝说游人不能靠边太近。

我再次看到乔，是在暮色之中。晚餐后，他被十几个人包围着。挤近一看，原来他在教人做着"掏枪"的游戏。荒蛮的大峡谷，生活枯燥，游戏也单调。游戏规则是两个游人面对面地站立，一声令下，谁先出枪谁就获胜，仅此而已。我发现，游人观赏的兴趣，全在乔的英姿上。他转身掏枪的动作非常迅速，极度潇洒，每次演示完毕，现场总是赞叹声一片。

手机连不上网络的夜晚，生活仿佛没有内容。大峡谷的周边漆黑一片，静得怕人。无处可去，只有翻看手机中的照片，消磨时光。

我想起曾经看过的一篇资料，说科罗拉多大峡谷已走过六百万年的历史，是大自然在地球上的杰作，辉煌与壮丽远非一般自然景色可比。又有报道说，大峡谷的泥墙小屋废墟，是历史的见证。它表明，早在 13 世纪印第安人就是开发这里的主人……我曾走过这里的几处景点，峡谷边，除了为接待游人新建的简易棚屋外，历史遗迹已经荡然无存。

当然，也有口口相传难以忘却的故事，特别是科罗拉多大峡谷的由来。有这样一个传说，早在16世纪，一个叫科罗拉多的人，为了寻找传说中的宝藏，不远万里，艰难跋涉，发现了大峡谷，峡谷的名字便由此而来。也有记载说，大峡谷的奇景为人所知，应归功于美国一位老兵。1869年，他率领探险队，乘坐小船，第一次实现了科罗拉多河至大峡谷谷底的漂流，他将惊恐万状的经历写成游记后，广为流传，引起世界瞩目……

我想体验一下大峡谷的夜色。走出小木屋，人便立刻融进了一片黑暗之中。这种黑暗，让人感到静谧和空旷。朝着大峡谷的方向放眼望去，漆黑一片，给人难以名状的震撼。在我眼中，漆黑看不透的远方，竟是那样神奇和美丽。

这个夜晚，寂寞让我感到满足。我想在大峡谷的怀抱里留下一些记忆的文字。趴在床上，面对稿纸，地球上最为壮丽的景色，不断地涌现在我的眼前。我用文字记叙着大峡谷，而眼前，却时时跳出乔的影子。我觉得乔是峡谷一道鲜活的风景。那个晚上，乔与大峡谷一起走进了我的梦里。

次日黎明，朝霞漫天，一幅清新的画卷在身边展开。望着峡谷，我才明白，自己身在大峡谷的西边。昨天傍晚看到的红云，不是西天的晚霞，而是大自然赋予这片土地的独特景观。

为了看日出，很多人已经聚集在峡谷边上了。面对大峡谷，我也朝着太阳升起的方向，架起了相机。我的镜头里，一轮红日渐渐冒头，淡淡的光，柔柔的晕。一个头戴牛仔帽的老人，巡回在峡谷边，渐渐走进了我的视线。就在他步入太阳光环圆心的那个瞬间，我按下了相机的快门。老人矍铄的样子，成了我眼中的雕像。

山顶上，有一匹“疯马”

总统巨石山，是美国标志性景观之一。可是，拉什莫尔山国家纪念公园地处南达科他州一处偏远而僻静的地方，游人独自前往参观，相当不容易。

很久之前，我曾见过这个景观的图片。到实地来，看一看这种独特的艺术氛围，也是期盼已久的事。

从公园的大门到山前的观景台，中间有一条露天的人行长廊。长廊两边，石砌的方形立柱上，斜插着五十个州的州旗。美国四位总统的头像矗立在拉什莫尔山的山头上，分别是华盛顿、杰斐逊、老罗斯福和林肯。头像采用高浮雕写实的手法，每个人神态不同。他们凝视着远方，脸庞朝着不同的方向，却彼此呼应着，栩栩如生，十分传神。

有记载说，这项工程始于 1927 年，1941 年因战争而中止，共有四百名工人参与。施工人员吊在悬崖上打眼放炮，需要掌握炸药的分量，定准爆破的方向，对于一项规模巨大、要求操作谨慎的工程来说，是一件非常危险和困难的事情。总统巨石鬼斧神工的雕刻技巧，给世人留下了匠心独运的不朽之作。

令人意外的是，听说离拉什莫尔山国家纪念公园不远的一座山头上，同样有一座在建的巨石雕像。这座雕像，是印第安人为纪念其传奇的苏族酋长“疯马”而建的。疯马酋长在印第安人眼中的意义，就像总统巨石雕像在美国人眼中的意义一样。他代表印第安部落的勇敢、慷慨和智慧。据说，这座雕像有意选择与总统巨石同一山脉相对的山头来建设，以公开的形式向世界表明，印第安人也有自己的历史和英雄。

我很想见识一下印第安部落的创造艺术和民间智慧。“疯马”巨石所在的山头，与总统巨石相距不远，驱车前往，路途不足半个小时。

山头下，立有疯马巨石雕像的白色模型。这尊模型，展示了疯马巨石英姿飒爽的形态：疯马酋长骑在腾空跃起的战马上，举目远望，右手指向前方。遥望远处的山头，一颗巨大的头颅，高高地昂扬着。几个小小的身影，还有工程机械的吊臂，缓缓闪动……

走进建设中的北美印第安人博物馆，这里展出的照片、陈列的实物以及介绍文字都令人印象深刻。特别是一部反映疯马巨石雕像建设状况的影片，给我留下了深刻印象。疯马酋长因反对白人侵占原属于印第安人的黑山地区，率领部族成员奋起抗争，年仅三十三岁就被人暗杀。他一生刚勇，是印第安人心目中的传奇英雄。

最让人震撼的是疯马巨石的工程经历。项目于 1948 年动工。印第安人抱定坚定意志，委托波兰裔美国雕塑家负责这项宏伟的工程。按照设计，疯马巨石比总统巨石高大十倍。在过去长达六十多年的时间里，波兰裔美国雕塑家带领他的七个儿子，组织开展疯马巨石的雕刻，兄弟持续接着干，世代往下传，挖山不止。工程经费全靠民间筹集，因资金短缺，工程进展缓慢。直到 1998 年，花了整整五十年时间，才建成疯马巨石的头像部分。疯马巨石的头像有九层楼高，它是人类有史以来最大的雕像！

目前，整体工程还在艰难持续地推进……

回程途中，疯马雕刻的情景占据了我的脑海，我被一个部落不屈的精神感动着。在行驶的车厢里，我用潦草的文字，记下了那一刻的心情：

说不清，他为什么被一些人称作疯马
而我，却为他的狂野深深感动
…………
仰望山头云雾缭绕的石像
五十多年雕凿，成就了一颗巨人的头颅
…………
有一天，当疯马扬蹄踏遍山谷的时候
也许，我在东方的坟场上
能听到远处马蹄清脆的回声

我将诗行冠以《疯马》的标题，发在网上。

当天午夜，我在遥远的北美，听到了太平洋彼岸，一位语言艺术家深情的诵读。

大洋中的浪漫小船

浩瀚的西太平洋上，浪花簇拥着马里亚纳群岛。群岛中最南端的一个岛屿，便是关岛。

关岛地域不大，但特殊的地理位置，决定了它是兵家必争之地。硝烟散尽之后，这片美国最西边的领土，成了一个东方与西方交集、现代与传统交会的地方。相对夏威夷来说，关岛可能少了一些优雅，但它却绝对可以称得上是一片充满浪漫气息的土地。在许多外来游人的眼里，这座充满查莫罗风情的海岛，既慵懒，又宁静，是个适宜休息和放松的地方；而对常年生活在马里亚纳群岛上的人来说，关岛是一个便利的美式购物中心。由于这里实行免税政策，一些名牌商品往往比原产地更便宜。购物可选择的地点很多，而且每一家店都是购物餐饮应有尽有。临街的餐饮店各具特色，巧克力制作的甜品格外诱人。

关岛人爱花，客人初来乍到，最好的见面礼，就是给客人献上一个鸡蛋花环。外来游人往往入乡随俗，许多女性游客不分年龄与肤色，也在头上插一朵鸡蛋花。无论大街上、酒店或商场里，还是在夜市如潮的人流中，头顶鸡蛋花都是一道流动的风景。

关岛面积仅有五百四十九平方千米，地方虽小，却因地制宜地开发了多种游乐项目，游人可以去水中追逐海豚，去珊瑚区喂鱼，可以驾驶小型飞机或体验高空跳伞，也可以参与陆上的极限赛车或潜入海底，在水下轻柔漫步……位于西北部的杜梦湾，是关岛最具代表性的海景，海湾的礁石阻挡着外海汹涌的波涛，礁石以内四千米长的半月形海湾，形成了多个优美恬静的沙滩。

岛上观光游览的内容也很多，关岛南部是历史遗迹和纪念地较为集中的地方。游人无论立足 1944 年美军抢滩的主战场阿珊海滩，还是行走在滩头堡、战地、博物馆或纪念碑周围，都可以联想起这片土地曾经弥漫的硝烟，不少地方随手还可以触摸到历史的痕迹。为纪念西班牙探险家麦哲伦 1521 年首次踏上关岛而设的纪念碑、坐落在乌玛塔村陡峭山崖上的西班牙碉堡、延续着传统生活形态的杰夫帕哥查莫洛文化村等每一个地方，都有着自己动听的故事。

最出人意料的是，海边公路旁，用三十分钟便可以登顶的闪电山，竟然成了世界之最，由于该山的底部连接着地球最深的谷底马里亚纳海沟，经美国地质勘测学会证实，关岛的这个最高点，从地理结构来说，就是世界最高的山峰。

忘不了初夏那个黄昏与夜色交替的傍晚。关岛的海边，风静静，水盈盈。晴空如洗，洁净蔚蓝。远处，几片云彩低低地浮在大海的一角。而一片巨大的长方形云块，在我的眼前。那云块好似鼓鼓的帆，从海面翘起，挺着肚子，升腾到了半空中！云块鹅黄，如同蜡染。那种黄，糯糯的，浓郁、纯洁，像一块蜜蜡。在太平洋晚霞的辉映下，它天然明媚，高贵优雅。这个傍晚，浩瀚的天空，仿佛是为这一片云彩搭起的舞台。

空中的四方云彩，呈现着一种难以形容的美。怀着唯恐它消失的深深眷恋，久久地凝视着天空，我望见了儿时在故乡的村头看电影，悬在两棵老树之间的那面银幕。

面朝大海，呆呆地坐在椰子树下，我竟忘了周围弥漫着一阵阵鱼肉烧烤的烟气，还有，一群男女跳着草裙舞的欢快节奏。

西太平洋中的这座小岛，是恋人们交换一生誓约的天堂。岛屿不大，却遍布着七十多座童话般的教堂。教堂的建筑风格各有不同，而唯美与浪漫的气息，是教堂共同的主题。一对对新人来到教堂里，在蓝天与大海的见证下，随着神父轻声的祝福，走向甜美的童话梦境。

来关岛旅行的人，必然会来情人崖，就像游客到了北京一定会登长城，到了上海一定会逛外滩一样。情人崖是爱情的见证和永恒的标志。古查莫洛时期，为反抗包办婚姻，姑娘与自己喜欢的人携手跳崖，以殉情的方式表达彼此对爱情忠贞的故事，流传至今。情人崖成为恋人们向往的地方，密密麻麻的连心锁，缠着一条条红丝带，挂满了悬崖边的墙沿。一对对新人专程从世界各地慕名而来，怀着忠贞不渝的爱恋，在这里举行婚礼。

在羚羊的家园想起蛇道

一条大地爆裂般的狭缝，伸展在美国亚利桑那州的北面。正午的阳光，直射着深深的谷底。峡谷内，光影氤氲浮动。耀眼的金混合着雄浑的紫、靓丽的红，曲折舒展，像地下涌动的河流。

这里是世界地质史上最柔美的洞穴，羚羊栖息的地方。

只能容纳一个人行走的通道，虽然狭窄，却铺展着如同外星文明的迷离之境。出鞘的剑，凸凹的天，少女的影子，奇异的幻影……一个个沉浸在辉煌的围裹之中，千变万化。面对不可思议的柔美，人，需要理智的辨识，也需要情怀的释放。

这就是羚羊曾经的家园吗？寻遍四周，没有人回答。只有那年，高原暴雨山洪，漫过峡谷，十一名摄影家葬身谷底的悲剧，日月记忆犹新。

移步谷底，我想到约旦，想到为了探访蛇道，下榻在荒山野岭的夜晚。群峰巍峨，高达百米，山脚岩石的裂缝中，隐藏着一千米长的蛇道。山势陡峭，蛇道狭窄，大有“一夫当关，万夫莫开”的壮丽，鬼斧神工，令人惊叹！

我发现，羚羊彩穴，好似蛇道的缩影。不同的是，蛇道地处阿拉伯半岛高高的大山里，羚羊彩穴蜿蜒在北美深深的地底下。羚羊彩穴靓丽多姿，蛇道则遒劲深沉。蛇道的一头，追随着远去的佩特拉古城，还有古城里阿里巴巴与四十大盗的故事；而羚羊彩穴，则默默经受着高原暴雨山洪的无情切割，持续了上万年、百万年，如今，仍在持续。

加勒比海，一半阳光一半阴霾

2020年1月27日　晴

加勒比海上的清晨空气格外清新，深深地吸上一口，感觉心都被滋润了。

对我来说，加勒比海是一片遥远而神秘的梦幻海域。我对它最初的印象，一是海盗，二是阳光，它浪漫的风情始终存于我的记忆中。

昨日中午，我在奥兰多卡纳维拉尔角码头登上皇家加勒比“海洋和悦号”游轮。向往之地就在眼前，内心却有不安，因为我们得知出现了疫情。出了海，通信讯号将被阻断，我心中真有些挂牵。

蔚蓝的海面上，翻滚着洁白的浪花。海天的尽头浮现出一条淡淡的玫瑰红。几朵黑云低低地飘在天际线上，深深浅浅，衬托得黎明时分的朦胧格外妩媚。

游轮航行在加勒比海上。一切都在沉睡中，还未醒来。行走在清晨的甲板上，静谧的场景让人觉得昨夜歌舞欢腾、人声鼎沸的狂欢恍如一梦。

游轮朝着东南方驶去。船头两侧探出船体的玻璃地板观景台上站着几个人。有人捧着相机，似乎等待着什么，也有人翻看着手机里的相册。我的身边站着一对年轻情侣，海风吹起姑娘的长发，轻拂着小伙子的脸，两人依偎着凭栏远望，不说一句话。我觉得此刻的海景如果缺了他们，就不会这样美。

东方海平面红透了的时候，在太阳升起的地方，大片大片的乌云也向上升起来。那气势好似金戈铁马。乌云向上攀爬、叠加，化作墨绘的罗汉。渐渐地，在天际线上，高高矗立起一座巨大的黑色四方体，好似一道无法穿越的壁垒。我从未见过这样的景象，有些心惊。它让我想起唐人李贺《雁门太守行》中“黑云压城城欲摧”一句。

乌云气势磅礴，中间没有一点缝隙，只有左下角贴近海平面的地方，残留着一块小小的缺口。日出时，我从这个缺口，瞥到了太阳的光芒。

就算有人故意用笔墨在宣纸上重叠涂抹，也画不出今晨的浓密乌云。

2020 年 1 月 28 日　晴转多云

游轮发放的《每日活动信息》告知，午餐后有一场加勒比音乐会。加勒比海地区流行一种音乐，叫作雷鬼乐，我还从未听过。我早早来到十五层甲板上，在舞台的正对面找了张躺椅坐下。

舞台不大，五个皮肤黝黑、身着白地黑花短袖衬衫的中年男人在椭圆形的顶棚下或站或坐，有的弹着双排键电子琴，有的弹着电吉他，还有的打着架子鼓。扎着头巾的主唱手握话筒吼着。来自世界各地的游客纷纷来到这里，聚集在灿烂的阳光下。这就是音乐无国界吧。

我不懂加勒比音乐，也不知道台上表演的是不是雷鬼乐。起源于加勒比海西北部的雷鬼乐是当地主流音乐之一，相信演出节目必定少不了它。我对雷鬼乐是有些好奇的。据说，热情洋溢的雷鬼乐代表当地民众自尊、自信与平和的心态。20世纪70年代末，在“一份爱，一份和平”主题音乐会上，一支乐队演奏的雷鬼乐让牙买加总理与他最大的政敌手紧握并高举。我想见识一下雷鬼乐的神奇。

不知什么时候，台下一对似乎是欧洲来客的老夫妻随着乐曲缓缓舞越来。接着，一个皮肤黝黑、扎着头巾的胖女人跟上，她裹一身轻纱，陶醉地性感地扭动着。

黄豆大的雨滴砸在皮肤上，生疼。抬头一看，一片乌云正盖着中天。似乎没人注意到下雨了。还好，雨点不密，持续的时间也不长。这种太阳雨，在加勒比海上，人们习以为常。此时，游轮各层甲板的公共空间都在直播这场演出。

“海洋和悦号”是当今世界首屈一指的巨型游轮。“皇家大道”是游轮上游客最爱光顾的区域。跃层平台的设计使得活动范围更加开阔。大道两边分布着餐馆、商店、酒吧和咖啡厅，让人感觉就像在都市中一样。“漂移酒吧”像艘小船，无声无息地在两个不同区域来回穿行：刚刚还在露天的“中央公园”里享受阳光，转眼便被室内熙熙攘攘的人流包围。“百达汇欢乐城”是“和悦号”又一个创意，绝无仅有的海上露天剧场，巨大的旋转木马，还有不时从头顶高空滑索上呼啸而过的缆车吊舱，都让人觉得十分新奇。

但在我看来，这艘游轮的革新性的创造是将公园搬到了船上。“中央公园”绿树葱茏，深绿浅翠，有优雅的露天餐厅、休憩小坐区，还有幽静的读书角、植物标本园；忽明忽暗的羊肠小道把公园与其他区域连接起来。夜晚，我坐在树下长椅上，默默地听某个乐手弹奏古老乐器，享受着远离喧嚣的快乐。

2020 年 1 月 29 日 晴热

早晨，游轮停靠在码头。

雨后的圣马丁岛被灿烂阳光涂上了明亮的色彩，空气明净清新。

圣马丁岛的面积不大，仅有八十七平方千米。船停靠的地方是荷属中心镇。小镇很温馨。港湾里，七艘大型游轮沿着海边泊成一排。据说，每年 9 月至次年 5 月是这里最繁忙的季节，有时同时泊着十一艘游轮，游客上下船高峰期可达八万人。

小镇有一片聚集着的店铺，很多店铺的墙色彩绚丽。店里出售着各种旅游用品、当地特色食品、土特产和纪念品。旅游业是圣马丁岛的主业。花园里，鲜花簇拥着圣马丁岛的地名标牌，方便游人拍照留念。

我们驱车去往海湾。沿途是高高低低的木结构的民居，沿着海岸伸展。连绵的山丘植被茂盛，绿成一片。经常有大型的蜥蜴爬行在密密的草丛间，或者匍匐在树枝上。沿海停泊着大小不一的游艇，有些杂乱地挤在一起，随着海浪的进退起伏。听人说起，游艇中有不少是被废弃的。2017 年 9 月，加勒比海遭遇特大飓风，飓风重创和摧毁了海上许多游艇，来不及修理和清理的便一直丢在这里。

路边一块空地上孤独地矗立着一块白地黑字的木牌，那是岛上的国境线。越过这里，便出了荷属范围，进入法属地界。

海湾一片宁静。洁净的海水轻吻沙石。两艘小船停泊在此刻湾中山前，远方海水湛蓝。

圣马丁是加勒比地区最发达的岛屿，也是全世界发达岛屿中最小的一个。岛上常住人口十余万，据说分属一百二十个民族。法属、荷属居民各占一半，大多数人都会五种以上的语言。

这里以晴天为主，雨水很少，淡水缺乏，靠海水淡化，存入水库备用。岛上渔业发达，但是不出口海产品，海产品均留在岛上供当地居民和游人食用。当地日常饮食以海鲜汤、海鲜烧烤为主。此外，手抓饭、牙买加烤鸡也是常见风味食物。

沙滩上，无论岛民还是游人，都平静地享受着加勒比的明媚阳光和温柔海风。不远处是一座座带花园的民居。花园里挺立着高大的椰树，草木葱茏。民居多为精致的法式建筑，阳台上鲜花盛开。大海、椰树、绿草和鲜花与民居色彩艳丽的外墙相映衬，美不胜收。

菲利普斯堡是圣马丁岛的行政中心及商业中心，也是主要城镇。狭窄的鹅卵石小路两旁，有当地人和外来人开的各种商铺，还有中国人开的饭店和快餐店，供应各种炒菜和米饭、面条。

到了圣马丁，不能不去马赫海滩。海岛西南部的马赫海滩，以景色著称。此外，马赫机场也在那里。马赫机场是世界上离海滩最近的机场，飞机降落的跑道与游人如织的海滩咫尺之遥。飞机呼啸着从头顶掠过，每一次都将游人的兴致推到顶点，引得一片惊叹和欢呼。

2020 年 1 月 30 日　晴热

波多黎各的码头地处圣胡安繁华地带。隔着一条跑着车辆的大路，宽阔的码头对面，便是林立的商场，还有豪华的酒店。站在码头朝老城望去，几条笔直的街道从老城的高处向这边铺展下来。

圣胡安是美国第二大古老城市。城市依地形而建。总的来说，老城的起伏比较平缓，但有些街区、有些道路，还是能看到明显的坡度。

圣胡安纵横的街道两边林立着商铺、饭店、酒吧、啤酒屋、冰激凌铺子，还有许多雕塑或油画工作室和工艺品商店。老城外墙颜色淡雅的两层小楼，精致铁栏杆围起的阳台，用雕塑和鲜花装点的广场，以及铺着鹅卵石子的狭长街道，与热闹的、充满活力的中心城区形成鲜明对比。

沿着海边的公路行走，会发现在城市的两端，相隔约五千米，分别有两座城堡。一座城堡面朝大海，规模不大，远远望去，两座石砌的堡垒宛如山头睁着的警惕的眼睛。它的造型很像现代的碉堡。另一座城堡建在空旷的海滩上，一座座塔楼，一道道围墙，一个个瞭望台，规模大且气势威严。

最令人难忘的是临海的那些街道。道路不宽，但很直。每条道路边上都停着看不到头的汽车，红色的、白色的、黑色的、黄色的，与路边的各色商铺门面一起，将老城装扮得生机勃勃。站在高处向大海方向望去，一条条道路渐渐低下去，路的尽头仿佛伸进了大海里，连接着波涛。

夜幕降临，所有的酒吧、咖啡吧的灯火都亮起来，人们从四面八方涌来，圣胡安的沸腾时刻，才真正到来。

可惜那个时刻不属于我们。下午五点整，游轮拉响了离港的汽笛。

2020 年 1 月 31 日　多云

下午，我在“皇家大道”咖啡厅小坐了一会儿。

回到房间，我看见门口的信报筐里插着一张纸，打开一看，是一张有红色横条和黑色船徽的信笺，上面打印了几行中文，并附有对照的英文，大意是说过去二十天内到访中国的乘客将不能入境巴哈马；提供能够证明过去二十天已离开中国的文件，才能入境。

我感到很突然。细细一想，游轮公司这样的做法不合理。我们登船已有一周，与来自世界各地的游客吃在一起，住在一起，游乐在一起，上下船走同一条通道，同乘一部电梯……如果传染开来或有传染风险，大家都不该下船。

晚餐后，我们几个中国游客去到五楼的服务中心。一位年轻的外籍华裔女工作人员接待了我们。她一个劲地表示歉意，但还是语气坚定、态度明确地告知我们，这是巴哈马政府的通知，游轮公司只是照办。她还说，岸上的许多活动设施船上都有，明天依然全都开放。

晚上，四楼的皇家剧院有音乐剧演出，我却完全没有了观赏的心情。

2020 年 2 月 1 日　多云

游览椰子洲岛，是行程中的重头戏之一。

早晨，站在舱室阳台上眺望，码头与椰子洲岛成“T”字形。游轮距岛并不远，小岛轮廓尽收眼底，岛上的游乐设施也清晰可辨。

船上的工作人员都上到码头，做着“岸上一日”的准备工作。一堆堆水果、一箱箱瓶装水，还有做好的饭菜、面包等，连同烧烤炉灶，都装上了专用挂车。

有人开始下船了。那些赶早的游客一定是昨夜就做好了出行功课。他们背着双肩包、水壶，带着泳具，举着太阳伞，扶老携幼，由码头长长的通道上岸去了。

巴哈马群岛中的椰子洲岛面积不大，但有仙境般的白色沙滩和半透明的浅海，美丽而温柔。皇家加勒比游轮公司购买了海岛使用权，投入巨资进行扩建，添加了高空速降、水上滑梯、波浪池、氦气球、滑索和淡水泳池等多种设施，将其打造成专供海上客人的热带天堂。

此时，游轮上已清静了不少。海面上，另一艘巨型游轮停泊在稍远的地方。

我和几个中国朋友在船尾十六层甲板上欣赏海景，同时关注着疫情，但是海上通信不便，不知家中情况如何。美国航空公司停飞中国，不知能否顺利更改回国路线，心中颇为烦闷。

十六层上有一座高台，圆筒滑道从这里旋转着通往下层，平日里玩的人很多，此刻格外清静。我坐在一个半人高的洞口前，望着几乎垂直的管道，心中有些犹豫，几次挪动身体，却本能地躲避着下滑的位置。我正在嘲笑自己胆怯，却没控制好身体，开始急速向下滑！黑黑的管道里，偶然出现一丝微光。转弯时，人还会微微侧转。懊悔一闪而过：人到无助境地，只得听天由命。没来得及再多想，下滑的速度慢下来了，眼前现出一片光明。仰天躺在滑道口，感觉自己像在鬼门关里走了一遭。我慢慢爬起来，头脑一片空白，只听得心“怦怦”跳着。

后来得知，我从十六层下滑到六层，用时十一秒。

2020年2月2日 多云

早晨，游轮停靠在美国奥兰多港口。

八天前我们从卡纳维拉尔角码头起航，心中充满期待。今天重回这里，只想着尽快踏上归途。

加勒比海，不是只有灿烂的阳光。

我感到庆幸，八天的游轮生活，没有出现疫情。

原来的行程安排是我们下船后在美国逗留两天，再从达拉斯直飞上海。眼下，前往中国的航班现已停飞，也不知明天会怎么样。最好的安排是提前结束行程回国。

我在心中祈祷，祝自己和同胞们尽快回到祖国，一路平安！